Tucholsky Wagner Zola Scott Sydow Freud Schlegel
Turgenev Fonatne
Wallace Friedrich II. von Preußen
Twain Walther von der Vogelweide Fouqué
Weber Freiligrath Frey
Fechner Weiße Rose von Fallersleben Kant Ernst Frommel
Fichte Richthofen
Engels Fielding Hölderlin
Fehrs Faber Flaubert Eichendorff Tacitus Dumas
Maximilian I. von Habsburg Fock Eliasberg Zweig Ebner Eschenbach
Feuerbach Ewald Eliot Vergil
Goethe Elisabeth von Österreich London
Mendelssohn Balzac Shakespeare Dostojewski Ganghofer
Lichtenberg Rathenau Doyle Gjellerup
Trackl Stevenson Hambruch
Mommsen Tolstoi Lenz Droste-Hülshoff
Thoma Hanrieder
Dach Verne von Arnim Hägele Hauff Humboldt
Reuter Hagen Hauptmann Gautier
Karrillon Garschin Rousseau Baudelaire
Damaschke Defoe Hebbel Hegel Kussmaul Herder
Descartes Schopenhauer
Wolfram von Eschenbach Dickens Rilke George
Bronner Darwin Melville Grimm Jerome Bebel
Campe Horváth Aristoteles Proust
Bismarck Vigny Barlach Voltaire Federer Herodot
Gengenbach Heine
Storm Casanova Tersteegen Grillparzer Georgy
Chamberlain Lessing Langbein Gilm Gryphius
Brentano Claudius Schiller Lafontaine
Strachwitz Kralik Iffland Sokrates
Katharina II. von Rußland Bellamy Schilling
Gerstäcker Raabe Gibbon Tschechow
Löns Hesse Hoffmann Gogol Wilde Vulpius
Luther Heym Hofmannsthal Gleim
Roth Heyse Klopstock Klee Hölty Morgenstern Goedicke
Luxemburg Puschkin Homer Kleist
Machiavelli La Roche Horaz Mörike Musil
Navarra Aurel Musset Kierkegaard Kraft Kraus
Nestroy Marie de France Lamprecht Kind Kirchhoff Hugo Moltke
Nietzsche Nansen Laotse Ipsen Liebknecht
Marx Lassalle Ringelnatz
von Ossietzky May Gorki Klett Leibniz
vom Stein Lawrence Irving
Petalozzi Knigge
Platon Kafka
Sachs Pückler Michelangelo Kock
Poe Liebermann
de Sade Praetorius Mistral Zetkin Korolenko

La maison d'édition tredition, basée à Hambourg, a publié dans la série **TREDITION CLASSICS** des ouvrages anciens de plus de deux millénaires. Ils étaient pour la plupart épuisés ou uniquement disponible chez les bouquinistes.

La série est destinée à préserver la littérature et à promouvoir la culture. Elle contribue ainsi au fait que plusieurs milliers d'œuvres ne tombent plus dans l'oubli.

La figure symbolique de la série **TREDITION CLASSICS**, est Johannes Gutenberg (1400 - 1468), imprimeur et inventeur de caractères métalliques mobiles et de la presse d'impression.

Avec sa série **TREDITION CLASSICS**, tredition à comme but de mettre à disposition des milliers de classiques de la littérature mondiale dans différentes langues et de les diffuser dans le monde entier. Toutes les œuvres de cette série sont chacune disponibles en format de poche et en édition relié. Pour plus d'informations sur cette série unique de livres et sur l'éditeur tredition, visitez notre site: www.tredition.com

tredition a été créé en 2006 par Sandra Latusseck et Soenke Schulz. Basé à Hambourg, en Allemagne, tredition offre des solutions d'édition aux auteurs ainsi qu'aux maisons d'édition, en combinant à la fois édition et distribution du contenu du livre en imprimé et numérique et ce dans le monde entier. tredition est idéalement positionnée pour permettre aux auteurs et maisons d'édition de créer des livres dans leurs propres domaines et sujets sans prendre de risques de fabrication conventionnelles.

Pour plus d'informations nous vous invitons à visiter notre site: www.tredition.com

La Princesse De Clèves par Mme de La Fayette Edited with Introduction and Notes

Madame de (Marie-Madeleine Pioche de La Vergne) La Fayette

Mentions légales

Cette œuvre fait partie de la série TREDITION CLASSICS.

Auteur: Madame de (Marie-Madeleine Pioche de La Vergne) La Fayette
Conception de couverture: toepferschumann, Berlin (Allemagne)

Editeur: tredition GmbH, Hambourg (Allemagne)
ISBN: 978-3-8491-3902-5

www.tredition.com
www.tredition.de

TABLE DES MATIÈRES

LA PRINCESSE DE CLÈVES

PAR

Mme de La FAYETTE

Edited with Introduction and Notes

BY

BENJAMIN F. SLEDD, M.A., Litt. D.

AND

J. HENDREN GORRELL, M.A., Ph. D.

INTRODUCTION.

Mme. de la Fayette, whose maiden name was Marie-Magdeleine Pioche de La Vergne, was born at Paris in 1634. Her father belonged to the lesser nobility, and was for awhile governor of Pontoise, and later of Havre. Her mother was sprung from an ancient family of Provence, among whom, says Auger, literary talent had long been a heritage; but the mother herself—if we are to believe Mme. de La Fayette's biographers—possessed no talent save that of intrigue. This opinion of Mme. de La Vergne, however, rests mainly upon the testimony of Cardinal de Retz; and may it not be that Mme. de La Fayette has drawn for us the portrait of her mother in the person of Mme. de Chartres? If this be true, Mme. de La Vergne, vain and intriguing though she may have been, was not wholly unworthy of her daughter.

The early education of Mme. de La Fayette—for by this name we can best speak of her—was made the special care of her father, "un père en qui le mérite égaloit la tendresse." Later, she was put under Ménage, and possibly Rapin. Segrais, with his usual garrulousness, tells the following story:

"Trois mois après que Mme. de La Fayette eut commencé d'apprendre le latin, elle en savoit déjà plus que M. Ménage et que le Père Rapin, ses maîtres. En la faisant expliquer, ils eurent dispute ensemble touchant l'explication d'un passage, et ni l'un ni l'autre ne vouloit se rendre au sentiment de son compagnon; Mme. de La Fayette leur dit: Vous n'y entendez rien ni l'un ni l'autre.—En effet, elle leur dit la véritableiv explication de ce passage; ils tombèrent d'accord qu'elle avoit raison." And Segrais goes on to say: "C'étoit un poëte qu'elle expliquoit, car elle n'aimoit pas la prose, et elle n'a pas lu Cicéron; mais comme elle se plaisoit fort à la poésie, elle lisoit particulièrement Virgile et Horace; et comme elle avoit l'esprit poétique et qu'elle savoit tout ce qui convenoit à cet art, elle pénétroit sans peine le sens de ces auteurs." Learned for a woman of her times Mme. de La Fayette indeed was; but of this learning she made no show,—"pour ne pas choquer les autres femmes," says Sainte-Beuve.

At the age of fifteen, Mme. de La Fayette lost her father; and her mother, after brief waiting, and—if Cardinal de Retz is to be believed—much intriguing, found a second husband in the Chevalier Renaud de Sévigné. This union was an important event in the life of Mme. de La Fayette, for it marks the beginning of her residence at Paris, and of her friendship with Mme. de Sévigné, who was a kinswoman of the Chevalier.

How close and lasting was this friendship is seen on almost every page of Mme. de Sévigné's correspondence. Indeed, so often does the name of Mme. de La Fayette occur in Mme. de Sévigné's letters to her daughter, that the latter may well have been jealous of her mother's friend. The companionship of Mme. de Sévigné was, after the death of La Rochefoucauld, the chief comfort of Mme. de La Fayette in her ill-health and seclusion; and it was from the sick-chamber of her friend that Mme. de Sévigné's letters would seem to have been written in those latter years. In 1693, soon after the death of Mme. de La Fayette, Mme. de Sévigné writes as follows of her dead friend: "Je me trouvois trop heureuse d'être aimée d'elle depuis un temps très-considérable; jamais nous n'avions eu le moindre nuage dans notre amitié. La longue habitude ne m'avoit point accoutumée à son mérite: ce goût étoit toujours vif et nouveau; je lui rendois beaucoup de soins, par le mouvement de mon cœur, sans que la bienséance, ou l'amitié nous engage, y eûtv aucune part; j'étois assurée aussi que je faisois sa plus tendre consolation, et depuis quarante ans c'étoit la même chose: cette date est violente mais elle fonde bien aussi la vérité de notre liaison." The whole story of friendship is told in these lines,—a friendship which during forty years had been undarkened by a cloud, and had remained unstaled by custom. The relation was equally sincere on the part of Mme. de La Fayette, though she was by nature more self-contained and reserved. But this reserve gives way to the strength of her feelings when in 1691, tormented by ill-health and knowing that her end is not far off, she writes to Mme. de Sévigné: "Croyez, ma très-chère, que vous êtes la personne du monde que j'ai le plus véritablement aimée."

Mme. de La Fayette was in her time a mild *précieuse*, having been introduced at an early age into the society of the Hôtel de Rambouillet. No one could pass through such a society with impunity, says Boissier; but Mme. de La Fayette seems to have escaped very lightly. For, although in her earlier works the *précieuse* influence is everywhere felt, yet all traces of such influence disappear in *La Princesse de Clèves*.

Auger tells us gravely that Mme. de La Fayette found the reading of the Latin poets a safeguard from the bad taste and extravagance of the Rambouillet *coterie*. But the same safeguard should have proved effectual in case of Ménage first of all, says Sainte-Beuve, who then gives the true relation of Mme de La Fayette to the Hôtel de Rambouillet: "Mme. de La Fayette, qui avait l'esprit solide et fin, s'en tira à la manière de Mme. de Sévigné, en n'en prenant que le meilleur."

After the breaking-up of the Hôtel de Rambouillet, there were formed various smaller *coteries*, among which that of Mme. de La Fayette was by no means the least important. From her little circle of *précieuses*, Mme. de La Fayette was drawn to the Court of Louis XIV. chiefly through the friendship of "Madame," the Princess Henrietta of England. This unforvitunate princess had passed her exiled youth in the convent of Chaillot; and Mme. de La Fayette, going thither on frequent visits to a kinswoman, was drawn into intimacy with the young girl, who must even then have given evidence of those charms which later made her brief reign at Court as brilliant as it was unhappy. When the young princess had become the sister-in-law of the King and the idol of the young Court, she remained steadfast in her love for the friend who had cheered her lonely convent life; and thus Mme. de La Fayette came at the age of thirty to be one of the company that gathered around Madame at Fontainebleau and Saint-Cloud, — "spectatrice plutôt qu'agissante," says Sainte-Beuve. For Mme. de La Fayette, though belonging wholly to the young Court, took no part in the intrigues and factions of the royal household. It is this Court life, which, under guise of that of Henry II., is described in *La Princesse de Clèves*: "There were so many interests and so many intrigues in which women took part that love was always mingled with politics and politics with love. No one was calm or indifferent; every one sought to rise, to please, to serve, or to injure; every one was taken up with pleasure or intrigue.... All the different cliques were separated by rivalry or envy. Then, too, the women who belonged to each one of them, were jealous of one another, either about their chances of advancement, or about their lovers; often, too, their interests were complicated by other pettier, but no less important, questions."

It was in the arms of Mme. de La Fayette that Madame, her brief day of splendor over, fell into that strange slumber the wakening of which was to be so horrible; and it was Mme. de La Fayette who soothed the princess in those last hours, the torture of which drew tears even from the heart of Louis. M. Anatole France says that he suspects Mme. de La Fayette of having hated the King. Perhaps she did; for resentment at the fate of her friend and mistress was natural. True it is,vii however, that Louis showed more than once his deep respect for the woman who had seen him in his one moment of remorse at the bedside of the dying princess.

After the death of Madame, her faithful friend withdrew more and more from the Court, into the seclusion and quiet of her little band of chosen friends, urged partly by her distaste for Court life and partly by her increasing ill-health. But her society was still much sought after; for a notice of her death in the *Mercure galant*, tells us that when she could no longer go to the Court, the Court might be said to have come to her.

Mme. de La Fayette was some twenty-two years old,—long past the usual marriageable age of French maidens,—when, in 1655, she was married to the Count de La Fayette. Little is known of her married life. Boissier in his *Vie de Mme. de Sévigné* says: "When the correspondence of Mme. de Sévigné with her daughter begins (1671), Mme. de La Fayette has been long a widow." But of this early widowhood there is no positive evidence, the weight of testimony being rather to the contrary. Those who are curious in this matter are referred to d'Haussonville's *Vie de Mme. de La Fayette*, where the whole controversy is summed up in the following words: "Une chose est certaine: c'est qu'il faut renoncer désormais à considérer Mme. de La Fayette comme une jeune veuve."

Of Monsieur de La Fayette's relations to his wife, we are almost wholly ignorant; and the sole evidence—beyond a line or two in Mme. de La Fayette's letters—that he existed at all, was the birth to the wife of two children. "We find now and then," says La Bruyère, "a woman who has so obliterated her husband that there is in the world no mention of him, and whether he is alive or whether he is dead is equally uncertain." Doubtless her husband discovered—as did many of her friends—that Mme. de La Fayette was a woman whose personality overshadowed everything around her.

That there was little congeniality between husband and wifeviii cannot be doubted, yet Mme. de La Fayette's own letters go to prove that for a time at least she was not unhappy. In a letter to Ménage, written from Auvergne soon after her marriage, she says: "La solitude que je trouve ici m'est plutôt agréable qu'ennuyeuse. Le soin que je prends de ma maison, m'occupe et me divertit fort et comme d'ailleurs je n'ai point de chagrins, que mon époux m'adore, que je l'aime fort, que je suis maîtresse absolue, je vous assure que la vie que je mène est fort heureuse.... Quand on croit être heureuse vous savez que cela suffit pour l'être."

This frigid, make-believe happiness, even though supported by the satisfaction of being absolute mistress of the household, could not long suffice for a nature like Mme. de La Fayette's; and therein lies perhaps the secret of all the unwritten history that follows.

Just at what time the friendship between Mme. de La Fayette and La Rochefoucauld began, is uncertain. Boissier in his *Vie de Mme. de Sévigné* says that when, in 1671, the correspondence between mother and daughter begins, "Mme. de La Fayette has but recently united herself with the Duc de La Rochefoucauld in that close intimacy which gave the world so much to talk about."

However, Mme. de Sévigné's letters leave us wholly in the dark as to when this intimacy began. Sainte-Beuve holds that it was about 1665, and makes a strong argument for his view of the matter. D'Haussonville believes that this remarkable union was the result of long acquaintance and slowly ripening friendship, the acquaintance having begun in the years following Mme. de La Fayette's marriage,—that is, between 1655 and 1665. He sums up the matter as follows: "Une chose est certaine: c'est que La Rochefoucauld s'est emparé peu à peu de l'âme et de l'esprit de Mme. de La Fayette." And again: "C'est aux environs de l'année 1670 que La Rochefoucauld commença à faire ouvertement partie de l'existence de Mme.ix de La Fayette." And here we leave this much-vexed problem of chronology.

Of the nature of this union and of the talk it gave rise to, we shall not speak. Mme. de Sévigné tells all that need be known. "Leur mauvaise santé," writes she, "les rendoit comme nécessaires l'un à l'autre.... je crois que nulle passion ne peut surpasser la force d'une telle liaison." The influence of this friendship upon each may best be set forth in the words of Mme. de La Fayette: "M. de La Rochefoucauld m'a donné de l'esprit, mais j'ai réformé son cœur." La Rochefoucauld had been embittered by disappointed ambition, ill health, and the loss of his favorite son; and his opinion of humanity in general and of woman in particular was none too lofty, to say the least. Perhaps Mme. de La Fayette's greatest service in this respect was in toning down the severity of the immortal Maxims.

We know how deep and lasting was the grief of Mme. de La Fayette for the loss of the man with whose life her own had been so long and so closely united. On March 17th, 1680, Mme. de Sévigné writes: "M. de La Rochefoucauld died last night. When again will poor Mme. de La Fayette find such a friend, such kindness, such consideration for her and her son? So great a loss is not to be repaired or obliterated by time." And again: "Poor Mme. de La Fayette is now wholly at a loss what to do with herself. The death of M. de La Rochefoucauld has made so terrible a void in her life that she has come to judge better of the value of such a friendship. Every one else will be comforted in the course of time, but she, alas, has nothing to occupy her mind."

Apart from M. de La Rochefoucauld, La Fontaine was the only one of the many great men of her time with whom Mme. de La Fayette was on terms of friendship. Boileau has left his opinion of our author in a pithy sentence. "Mme. de La Fayette," said he, "est la femme qui écrit le mieux et qui a le plus d'esprit." But this is all.x

Mme. de La Fayette's first published work was *La Princesse de Montpensier* in 1660 or 1662. This was followed by *Zaïde*, in 1670, which bore the name of Segrais, but which is by Mme. de La Fayette. The latter of these (for we confess not to have read the former) has indeed some merit, though written in the style of the old heroic romance, "with its abductions, its shipwrecks, its pirates, its gloomy solitudes, where flawless lovers breathe forth their sighs in palaces adorned with allegorical paintings."

La Princesse de Clèves was published in 1677 from the house of Claude Barbin. It was in four volumes, and bore no name. The little work (for it is scarcely longer than our own *Vicar of Wakefield*) at once took its place among the immortal productions of French literature. It is needless for us to discuss the unprofitable question of why Mme. de La Fayette withheld her name from the titlepage, and would never own to the authorship. That *La Princesse de Clèves* was written by her, and her alone, the world is well agreed; and this is enough for us to know. It is interesting, however, to read a letter of hers touching this point, for it shows, apart from other things, what opinion her contemporaries had of her masterpiece. This letter, bearing the date April 13th, 1678, we translate in part:

"A little book [*La Princesse de Montpensier*] which had some vogue fifteen years ago, and which the public was pleased to ascribe to me, has earned me the title of author of *La Princesse de Clèves*; but I assure you that I have had no part in it, and that M. de Rochefoucauld, who has also been mentioned, has had as little as I. He denies it so strenuously that it is impossible not to believe him, especially in a matter which can be confessed without shame. As for me, I am flattered at being suspected, and I think I should acknowledge the book if I were sure that the author would never claim it of me. I find it very agreeable, well written, without being extremely polished, fullxi of very delicate touches, and well worth more than a single reading; and what I especially notice is an exact representation of the persons composing the court and of their manner of life. It is without romanticism and exaggeration, and so it is not a romance; it is more like a book of memoirs, — and I hear this was the first title of the book, — but it was changed. There you have my opinion of the *La Princesse de Clèves*; let me ask you for yours, for people have almost come to blows over it. Many blame what others praise, so, whatever you say, you will not find yourself alone in your views."

With *La Princesse de Clèves*, Mme. de La Fayette created a new kind of fiction, — "substituting," says Saintsbury, "for mere romance of adventure on the one hand, and stilted heroic work on the other, fiction in which the display of character is held of chief account." The very briefness of the work, its sober language and simple incident, contrasted with the appalling length, the mighty catastrophes, and grand phrases of the old romances, may have indeed contributed much to its immediate popularity, but its abiding interest rests upon the truthfulness with which character is drawn, and emotions and motives are analyzed. The old order of fiction had indeed already fallen into contempt; Boileau and others had dealt it fatal blows, but the finishing stroke was justly due to Mme. de La Fayette. And the world has ever gladly owned its debt to her.

La Princesse de Clèves is an historical romance. The historical interest is, however, the least of its charms. The scene purports to be laid in the Court of Henry II.; but the manners—and the personages, apart from their names—are all those of the Court of Louis XIV. Certain critics have endeavored to trace the character of Mme. de La Fayette in that of the Princess of Clèves, of M. de La Rochefoucauld in that of M. de Nemours; but too strict an autobiographical interpretation destroys the charm of the story. The little book should bexii read for its intrinsic worth,—its delightful style, its faithful delineation of character, and its earnestness of moral purpose.

Mme. de La Fayette died in 1693. During her last years ill health and sorrow had forced upon her an almost absolute seclusion, and she died forgotten by all except a few faithful friends. The place of her burial is unknown.

The editors return their thanks to Professor van Daell for helpful suggestions, and to Drs. James W. Tupper and George C. Keidel of the Johns Hopkins University, Professor James A. Harrison of the University of Virginia, and Professor F.M. Warren of Adelbert College, for aid generously given.1

LA PRINCESSE DE CLÈVES.

PREMIÈRE PARTIE.

La magnificence et la galanterie n'ont jamais paru en France avec tant d'éclat que dans les dernières années du règne de Henri second. [1] Jamais Cour n'a eu tant de belles personnes et d'hommes admirablement bien faits, et il sembloit que la nature eût pris plaisir à placer ce qu'elle donne de plus beau dans les plus grandes princesses et dans les plus grands princes. Madame Elisabeth de France, [2] qui fut depuis reine d'Espagne, commençoit à faire paroître un esprit surprenant et cette incomparable beauté qui lui a été si funeste. Marie Stuart, [3] reine d'Écosse, qui venoit d'épouser Monsieur le Dauphin, [4] et qu'on appeloit la Reine Dauphine, étoit une personne parfaite pour l'esprit et pour le corps; elle avoit été élevée à la Cour de France; elle en avoit pris toute la politesse, et elle étoit née avec tant de dispositions pour toutes les belles choses, que, malgré sa grande jeunesse, elle les aimoit et s'y connoissoit mieux que personne. La Reine, [5] sa belle-mère, et Madame, sœur du Roi, [6] aimoient aussi les vers, la comédie et la musique. Le goût que le Roi François Ier [7] avoit eu pour la poésie et pour les lettres régnoit encore en France; et le Roi, son fils, aimant les exercices du corps, tous les plaisirs étoient à la Cour. Mais, ce qui rendoit cette Cour belle et majestueuse, étoit le nombre infini de princes et de grands seigneurs d'un mérite2 extraordinaire. Ceux que je vais nommer étoient, en des manières différentes, l'ornement et l'admiration de leur siècle.

Le Roi de Navarre [1] attiroit le respect de tout le monde par la grandeur de son rang et par celle qui paroissoit en sa personne: il excelloit dans la guerre, et le duc de Guise [2] lui donnoit une émulation qui l'avoit porté plusieurs fois à quitter sa place de général pour aller combattre auprès de lui, comme un simple soldat dans les lieux les plus périlleux. Il est vrai aussi que ce duc avoit donné des marques d'une valeur si admirable, et avoit eu de si heureux succès, qu'il n'y avoit point de grand capitaine qui ne dût le regarder avec envie. Sa valeur étoit soutenue de toutes les autres grandes qualités: il avoit un esprit vaste et profond, une âme noble et élevée, et une égale capacité pour la guerre et pour les affaires.

Le cardinal de Lorraine, [3] son frère, étoit né avec une ambition démesurée, avec un esprit vif et une éloquence admirable, et il avoit acquis une science profonde, dont il se servoit pour se rendre considérable en défendant la religion catholique, qui commençoit d'être attaquée. Le chevalier de Guise, [4] que l'on appela depuis le Grand Prieur, étoit un prince aimé de tout le monde, bien fait, plein d'esprit, plein d'adresse, et d'une valeur célèbre par toute l'Europe. Le prince de Condé, [5] dans un petit corps peu favorisé de la nature, avoit une âme grande et hautaine, et un esprit qui le rendoit aimable aux yeux même des plus belles femmes. Le duc de Nevers, [6] dont la vie étoit glorieuse par la guerre et par les grands emplois qu'il avoit eus, quoique dans un âge un peu avancé, faisoit les délices de la cour. Il avoit trois fils parfaitement bien faits. Le second, qu'on appeloit le prince de Clèves, [7] étoit digne de soutenir la gloire de son nom; il étoit brave et magnifique, et il avoit une prudence qui ne se trouve guère avec la jeunesse. Le vidame de3 Chartres, [1] descendu de cette ancienne maison de Vendôme, dont les princes du sang n'ont pas dédaigné de porter le nom, étoit également distingué dans la guerre et dans la galanterie; il étoit beau, de bonne mine, vaillant, hardi, libéral; toutes ces bonnes qualités étoient vives et éclatantes; enfin il étoit seul digne d'être comparé au duc de Nemours, [2] si quelqu'un lui eût pu être comparable. Mais ce prince était un chef-d'œuvre de la nature; ce qu'il avoit de moins admirable, c'étoit d'être l'homme du monde le mieux fait et le plus beau. Ce qui le mettoit au-dessus des autres étoit une valeur incomparable et un agrément dans son esprit, dans son visage et dans ses actions que l'on n'a jamais vu qu'à lui seul. Il avoit un enjouement qui plaisoit également aux hommes et aux femmes, une adresse extraordinaire dans tous ses exercices, une manière de s'habiller qui étoit toujours suivie de tout le monde, sans pouvoir être imitée, et enfin un air dans toute sa personne qui faisoit qu'on ne pouvoit regarder que lui dans tous les lieux où il paroissoit.

Le Roi alloit jusqu'à la prodigalité pour ceux qu'il aimoit. Il n'avoit pas toutes les grandes qualités, mais il en avoit plusieurs, et surtout celle d'aimer la guerre et de l'entendre: aussi avoit-il eu d'heureux succès; et, si on en excepte la bataille de Saint-Quentin, [3] son règne n'avoit été qu'une suite de victoires: les Anglois avoient été chassés de France, et l'Empereur Charles-Quint [4] avoit vu finir sa bonne fortune devant la ville de Metz, [5] qu'il avoit assiégée inutilement avec toutes les forces de l'Empire et de l'Espagne. Néanmoins, comme le malheur de Saint-Quentin avoit diminué l'espérance de nos conquêtes, et que depuis la fortune avoit semblé se partager entre les deux Rois, ils se trouvèrent insensiblement disposés à la paix.

Cercamp, [6] dans le pays d'Artois, fut choisi pour le lieu où l'on devait s'assembler. Les principaux articles étoient4 le mariage de Madame Elisabeth de France avec don Carlos, [1] infant d'Espagne, et celui de Madame, sœur du Roi, avec Monsieur de Savoie. [2]

Le Roi demeura cependant sur la frontière, et il y reçut la nouvelle de la mort de Marie, Reine d'Angleterre. [3] Il envoya le comte de Randan à Elisabeth, [4] pour la complimenter sur son avénement à la couronne. Elle le reçut avec joie: ses droits étoient si mal établis, qu'il lui étoit avantageux de se voir reconnue par le Roi. Ce comte la trouva instruite des intérêts de la Cour de France et du mérite de ceux qui la composoient; mais surtout il la trouva si remplie de la réputation du duc de Nemours, elle lui parla tant de fois de ce prince et avec tant d'empressement, que, quand Monsieur de Randan fut revenu et qu'il rendit compte au Roi de son voyage, il lui dit qu'il n'y avoit rien que Monsieur de Nemours ne pût prétendre auprès de cette princesse, et qu'il ne doutoit point qu'elle ne fût capable de l'épouser. Le Roi en parla à ce prince dès le soir même; il lui fit conter par Monsieur de Randan toutes ses conversations avec Elisabeth, et lui conseilla de tenter cette grande fortune, mais ce prince ne put s'y résoudre. Il envoya Lignerolles, qui étoit un jeune homme d'esprit, son favori, pour voir les sentiments de la Reine, et pour tâcher de commencer quelque liaison. [5] En attendant l'événement de ce voyage, il alla voir le duc de Savoie, qui étoit alors à Bruxelles avec le Roi d'Espagne. La mort de Marie d'Angleterre apporta de grands obstacles à la paix. L'assemblée se rompit à la fin de novembre, et le Roi revint à Paris.

Il parut alors une beauté à la Cour, qui attira les yeux de tout le monde, et l'on doit croire que c'étoit une beauté parfaite, puisqu'elle donna de l'admiration dans un lieu où l'on étoit si accoutumé à voir de belles personnes. Elle étoit de la même maison que le vidame de Chartres, et une des plus grandes héritières de France. Son père étoit mort jeune, et5 l'avoit laissée sous la conduite de Madame de Chartres, sa femme, dont le bien, la vertu et le mérite étoient extraordinaires. Après avoir perdu son mari, elle avoit passé plusieurs années sans revenir à la Cour. Pendant cette absence, elle avoit donné ses soins à l'éducation de sa fille; mais elle ne travailla pas seulement à cultiver son esprit et sa beauté, elle songea aussi à lui donner de la vertu et à la lui rendre aimable. La plupart des mères s'imaginent qu'il suffit de ne parler jamais de galanterie devant les jeunes personnes pour les en éloigner; Madame de Chartres avoit une opinion opposée: elle faisoit souvent à sa fille des peintures de l'amour, elle lui montroit ce qu'il a d'agréable, pour la persuader plus aisément sur ce qu'elle lui en apprenoit de dangereux; elle lui contoit le peu de sincérité des hommes, leurs tromperies et leur infidélité, les malheurs domestiques où plongent les engagements; et elle lui faisoit voir, d'un autre côté, quelle tranquillité suivoit la vie d'une honnête femme, et combien la vertu donnoit d'éclat et d'élévation à une personne qui avoit de la beauté et de la naissance; mais elle lui faisoit voir aussi combien il étoit difficile de conserver cette vertu que par une extrême défiance de soi-même, et par un grand soin de s'attacher à ce qui seul peut faire le bonheur d'une femme, qui est d'aimer son mari et d'en être aimée.

Cette héritière étoit alors un des grands partis qu'il y eût en France; et, quoiqu'elle fût dans une extrême jeunesse, l'on avoit déjà proposé plusieurs mariages. Madame de Chartres, qui étoit extrêmement glorieuse, ne trouvoit presque rien digne de sa fille. La voyant dans sa seizième année, elle voulut la mener à la Cour. Lorsqu'elle arriva, le Vidame alla au-devant d'elle; il fut surpris de la grande beauté de Mademoiselle de Chartres, et il en fut surpris avec raison: la blancheur de son teint et ses cheveux blonds lui donnoient un éclat que l'on n'a jamais vu qu'à elle; tous6 ses traits étoient réguliers, et son visage et sa personne étoient pleins de grâce et de charme.

Le lendemain qu'elle fut arrivée, elle alla pour assortir des pierreries chez un Italien qui en trafiquoit par tout le monde. Cet homme étoit venu de Florence avec la Reine, et s'étoit tellement enrichi dans son trafic, que sa maison paraissoit plutôt celle d'un grand seigneur que d'un marchand. Comme elle y étoit, le prince de Clèves y arriva: il fut tellement surpris de sa beauté, qu'il ne put cacher sa surprise, et Mademoiselle de Chartres ne put s'empêcher de rougir en voyant l'étonnement qu'elle lui avoit donné; elle se remit néanmoins, sans témoigner d'autre attention aux actions de ce prince que celle que la civilité lui devoit donner pour un homme tel qu'il paroissoit. Monsieur de Clèves la regardoit avec admiration, et il ne pouvoit comprendre qui étoit cette belle personne qu'il ne connoissoit point. Il voyoit bien, par son air et par tout ce qui étoit à sa suite, qu'elle devoit être d'une grande qualité. Sa jeunesse lui faisoit croire que c'étoit une fille; mais, ne lui voyant point de mère, et l'Italien, qui ne la connoissoit point, l'appelant Madame, il ne savoit que penser, et il la regardoit toujours avec étonnement. Il s'aperçut que ses regards l'embarrassoient, contre l'ordinaire des jeunes personnes, qui voient toujours avec plaisir l'effet de leur beauté; il lui parut même qu'il étoit cause qu'elle avoit de l'impatience de s'en aller, et en effet elle sortit assez promptement. Monsieur de Clèves se consola de la perdre de vue, dans l'espérance de savoir qui elle étoit; mais il fut bien surpris quand il sut qu'on ne la connoissoit point. Il demeura si touché de sa beauté et de l'air modeste qu'il avoit remarqué dans ses actions, qu'on peut dire qu'il conçut pour elle, dès ce moment, une passion et une estime extraordinaire.

Il alla le soir chez Madame, sœur du Roi. Il étoit si rempli de l'esprit et de la beauté de Mademoiselle de7 Chartres, qu'il ne pouvoit parler d'autre chose. Il conta tout haut son aventure, et ne pouvoit se lasser de donner des louanges à cette personne qu'il avoit vue, qu'il ne connoissoit point. Madame lui dit qu'il n'y avoit point de personnes comme celle qu'il dépeignoit; et que, s'il y en avoit quelqu'une, elle seroit connue de tout le monde. Madame de Dampierre, qui étoit sa dame d'honneur, et amie de Madame de Chartres, entendant cette conversation, s'approcha de cette princesse, et lui dit tout bas que c'étoit sans doute Mademoiselle de Chartres que Monsieur de Clèves avoit vue. Madame se retourna vers lui, et lui dit que, s'il vouloit revenir chez elle le lendemain, elle lui feroit voir cette beauté dont il étoit si touché. Mademoiselle de Chartres parut en effet le jour suivant: elle fut reçue des Reines avec tous les agréments qu'on peut s'imaginer, avec une telle admiration de tout le monde, qu'elle n'entendoit autour d'elle que des louanges. Elle les recevoit avec une modestie si noble, qu'il ne sembloit pas qu'elle les entendît, ou du moins qu'elle en fût touchée. Elle alla ensuite chez

Madame, sœur du Roi. Cette princesse, après avoir loué sa beauté, lui conta l'étonnement qu'elle avoit donné à Monsieur de Clèves. Ce prince entra un moment après.

"Venez, lui dit-elle; voyez si je ne vous tiens pas ma parole, et si, en vous montrant Mademoiselle de Chartres, je ne vous fais pas voir cette beauté que vous cherchiez; remerciez-moi au moins de lui avoir appris l'admiration que vous aviez déjà pour elle."

Monsieur de Clèves sentit de la joie de voir que cette personne qu'il avoit trouvée si aimable étoit d'une qualité proportionnée à sa beauté; il s'approcha d'elle, et il la supplia de se souvenir qu'il avoit été le premier à l'admirer, et que, sans la connoître, il avoit eu pour elle tous les sentiments de respect et d'estime qui lui étoient dus.8

Le chevalier de Guise et lui, qui étoient amis, sortirent ensemble de chez Madame. Ils louèrent d'abord Mademoiselle de Chartres sans se contraindre; ils trouvèrent enfin qu'ils la louoient trop, et ils cessèrent l'un et l'autre de dire ce qu'ils en pensoient; mais ils furent contraints d'en parler les jours suivants partout où ils se rencontrèrent. Cette nouvelle beauté fut longtemps le sujet de toutes les conversations. La Reine lui donna de grandes louanges, et eut pour elle une considération extraordinaire; la Reine Dauphine en fit une de ses favorites, et pria Madame de Chartres de la mener souvent chez elle; Mesdames filles du Roi l'envoyoient chercher pour être de tous leurs divertissements; enfin elle étoit aimée et admirée de toute la Cour, excepté de Madame de Valentinois. [1] Ce n'est pas que cette beauté lui donnât de l'ombrage: une trop longue expérience lui avoit appris qu'elle n'avoit rien à craindre auprès du Roi; mais elle avoit tant de haine pour le vidame de Chartres, qu'elle avoit souhaité d'attacher à elle par le mariage d'une de ses filles, et qui s'étoit attaché à la Reine, qu'elle ne pouvoit regarder favorablement une personne qui portoit son nom, et pour qui il faisoit paroître une grande amitié.

Le prince de Clèves devint passionnément amoureux de Mademoiselle de Chartres, et souhaitoit ardemment de l'épouser; mais il craignoit que l'orgueil de Madame de Chartres ne fût blessé de donner sa fille à un homme qui n'étoit pas l'aîné de sa maison. Cependant cette maison étoit si grande, que c'étoit plutôt la timidité que donne l'amour, que de véritables raisons, qui causoit les craintes de Monsieur de Clèves. Il avoit un grand nombre de rivaux: le chevalier de Guise lui paroissoit le plus redoutable par sa naissance, par son mérite, et par l'éclat que la faveur donnoit à sa maison. Ce prince étoit devenu amoureux de Mademoiselle de Chartres le premier jour qu'il l'avoit vue; il s'étoit aperçu de la passion de Monsieur de Clèves, comme9 Monsieur de Clèves s'étoit aperçu de la sienne. Quoiqu'ils fussent amis, l'éloignement que donnent les mêmes prétentions ne leur avoit pas permis de s'expliquer ensemble, et leur amitié s'étoit refroidie sans qu'ils eussent eu la force de s'éclaircir. L'aventure qui étoit arrivée à Monsieur de Clèves, d'avoir vu le premier Mademoiselle de Chartres, lui paroissoit un heureux présage, et sembloit lui donner quelque avantage sur ses rivaux; mais il prévoyoit de grands obstacles par le duc de Nevers, son père. Ce duc avoit d'étroites liaisons avec la duchesse de Valentinois; elle étoit ennemie du Vidame, et cette raison étoit suffisante pour empêcher le duc de Nevers de consentir que son fils pensât à sa nièce.

Madame de Chartres, qui avoit eu tant d'application pour inspirer la vertu à sa fille, ne discontinua pas de prendre les mêmes soins dans un lieu où ils étoient si nécessaires, et où il y avoit tant d'exemples si dangereux. Elle la pria, non pas comme sa mère, mais comme son amie, de lui faire confidence de toutes les galanteries qu'on lui diroit, et elle lui promit de lui aider à se conduire dans des choses où l'on étoit souvent embarrassée quand on étoit jeune.

Le chevalier de Guise fit tellement paroître les sentiments et les desseins qu'il avoit pour Mademoiselle de Chartres, qu'ils ne furent ignorés de personne. Il ne voyoit néanmoins que de l'impossibilité dans ce qu'il désiroit: il savoit bien qu'il n'étoit point un parti qui convînt à Mademoiselle de Chartres, par le peu de bien qu'il avoit pour soutenir son rang; et il savoit bien aussi que ses frères n'approuveroient pas qu'il se mariât, par la crainte de l'abaissement que les mariages des cadets apportent d'ordinaire dans les grandes maisons.

Le prince de Clèves n'avoit pas donné des marques moins publiques de sa passion qu'avoit fait le chevalier de Guise. Le duc de Nevers apprit cet attachement avec chagrin; il10 crut néanmoins qu'il n'avoit qu'à parler à son fils pour le faire changer de conduite;

mais il fut bien surpris de trouver en lui le dessein formé d'épouser Mademoiselle de Chartres. Il blâma ce dessein, il s'emporta, et cacha si peu son emportement, que le sujet s'en répandit bientôt à la Cour, et alla jusqu'à Madame de Chartres. Elle n'avoit pas mis en doute que Monsieur de Nevers ne regardât le mariage de sa fille comme un avantage pour son fils: elle fut bien étonnée que la maison de Clèves et celle de Guise craignissent son alliance, au lieu de la souhaiter. Le dépit qu'elle eut lui fit penser à trouver un parti pour sa fille qui la mît au-dessus de ceux qui se croyoient au-dessus d'elle.

La mort du duc de Nevers, qui arriva bientôt après, mit le prince de Clèves dans une entière liberté de suivre son inclination, et, sitôt que le temps de la bienséance du deuil fut passé, il ne songea plus qu'aux moyens d'épouser Mademoiselle de Chartres. Il se trouvoit heureux d'en faire la proposition dans un temps où ce qui s'étoit passé avoit éloigné les autres partis, et où il étoit quasi assuré qu'on ne la lui refuseroit pas. Ce qui troubloit sa joie étoit la crainte de ne lui être pas agréable, et il eût préféré le bonheur de lui plaire à la certitude de l'épouser sans en être aimé.

Le chevalier de Guise lui avoit donné quelque sorte de jalousie; mais comme elle étoit plutôt fondée sur le mérite de ce prince que sur aucune des actions de Mademoiselle de Chartres, il songea seulement à tâcher de découvrir s'il étoit assez heureux pour qu'elle approuvât la pensée qu'il avoit pour elle. Il ne la voyoit que chez les Reines [1] ou aux assemblées [2]; il étoit difficile d'avoir une conversation particulière. Il en trouva pourtant les moyens, et il lui parla de son dessein et de sa passion avec tout le respect imaginable; il la pressa de lui faire connoître quels étoient les sentiments qu'elle avoit pour lui, et il lui dit que ceux qu'il avoit pour elle étoient d'une nature qui le rendroient éternellement11 malheureux si elle n'obéissoit que par devoir aux volontés de Madame sa mère.

Comme Mademoiselle de Chartres avoit le cœur très-noble et très-bien fait, [1] elle fut véritablement touchée de reconnoissance du procédé du prince de Clèves. Cette reconnoissance donna à ses réponses et à ses paroles un certain air de douceur qui suffisoit pour donner de l'espérance à un homme aussi éperdument amoureux que l'étoit ce prince; de sorte qu'il se flatta d'une partie de ce qu'il souhaitoit.

Elle rendit compte à sa mère de cette conversation, et Madame de Chartres lui dit qu'il y avoit tant de grandeur et de bonnes qualités dans Monsieur de Clèves, et qu'il faisoit paraître tant de sagesse pour son âge, que, si elle sentoit son inclination portée à l'épouser, elle y consentiroit avec joie. Mademoiselle de Chartres répondit qu'elle lui remarquoit les mêmes bonnes qualités, qu'elle l'épouseroit même avec moins de répugnance qu'un autre; mais qu'elle n'avoit aucune inclination particulière pour sa personne.

Dès le lendemain, ce prince fit parler à Madame de Chartres. Elle reçut la proposition qu'on lui faisoit, et elle ne craignit point de donner à sa fille un mari qu'elle ne pût aimer en lui donnant le prince de Clèves. Les articles furent conclus; on parla au Roi, et ce mariage fut su de tout le monde.

Monsieur de Clèves se trouvoit heureux, sans être néanmoins entièrement content: il voyoit avec beaucoup de peine que les sentiments de Mademoiselle de Chartres ne passoient pas ceux de l'estime et de la reconnoissance, et il ne pouvoit se flatter qu'elle en cachât de plus obligeants, puisque l'état où ils étoient lui permettoit de les faire paroître sans choquer son extrême modestie. Il ne se passoit guère de jours qu'il ne lui en fit ses plaintes.

"Est-il possible, lui disoit-il, que je puisse n'être pas heureux en vous épousant? Cependant il est vrai que je ne le12 suis pas. Vous n'avez pour moi qu'une sorte de bonté qui ne me peut satisfaire; vous n'avez ni impatience, ni inquiétude, ni chagrin; vous n'êtes pas plus touchée de ma passion que vous le seriez d'un attachement qui ne seroit fondé que sur les avantages de votre fortune, et non pas sur les charmes de votre personne."

"Il y a de l'injustice à vous plaindre, lui répondit-elle; je ne sais ce que vous pouvez souhaiter au delà de ce que je fais, et il me semble que la bienséance ne permet pas que j'en fasse davantage."

"Il est vrai, lui répliqua-t-il, que vous me donnez de certaines apparences dont je serais content s'il y avoit quelque chose au delà; mais, au lieu que la bienséance vous retiene, c'est elle seule qui vous fait faire ce que vous faites. Je ne touche ni votre inclination ni votre cœur, et ma présence ne vous donne ni plaisir ni trouble."

"Vous ne sauriez douter, reprit-elle, que je n'aie de la joie de vous voir, et je rougis si souvent en vous voyant, que vous ne sauriez douter aussi que votre vue ne me donne du trouble."

"Je ne me trompe pas à votre rougeur, répondit-il: c'est un sentiment de modestie, et non pas un mouvement de votre cœur, et je n'en tire que l'avantage que j'en dois tirer."

Mademoiselle de Chartres ne savoit que répondre, et ces distinctions étoient au dessus de ses connoissances. Monsieur de Clèves ne voyoit que trop combien elle étoit éloignée d'avoir pour lui des sentiments qui le pouvoient satisfaire, puisqu'il lui paroissoit même qu'elle ne les entendoit pas.

Ce mariage s'acheva; la cérémonie s'en fit au Louvre [1]; et le soir le Roi et les Reines vinrent souper chez Madame de Chartres avec toute la Cour, où ils furent reçus avec une magnificence admirable.

Monsieur de Clèves ne trouva pas que Mademoiselle de Chartres eût changé de sentiment en changeant de nom. La13 qualité de mari lui donna de plus grands privilèges, mais elle ne lui donna pas une autre place dans le cœur de sa femme. Cela fit aussi que, pour être son mari, il ne laissa pas d'être son amant, parce qu'il avoit toujours quelque chose à souhaiter au delà de sa possession; et quoiqu'elle vécût parfaitement bien avec lui, il n'étoit pas entièrement heureux. Il conservoit pour elle une passion violente et inquiète qui troubloit sa joie. La jalousie n'avoit point de part à ce trouble; jamais mari n'a été si loin d'en prendre, et jamais femme n'a été si loin d'en donner. Elle étoit néanmoins exposée au milieu de la Cour; elle alloit tous les jours chez les Reines et chez Madame. Tout ce qu'il y avoit d'hommes jeunes et galants la voyoient chez elle et chez le duc de Nevers, [1] son beau-frère, dont la maison étoit ouverte à tout le monde; mais elle avoit un air qui inspiroit un grand respect et qui paraissoit éloigné de la galanterie.

La duchesse de Lorraine, en travaillant à la paix, avoit aussi travaillé pour le mariage du duc de Lorraine, [2] son fils; il avoit été conclu avec Madame Claude de France, seconde fille du Roi. Les noces en furent résolues pour le mois de février.

Cependant le duc de Nemours étoit demeuré à Bruxelles, entièrement rempli et occupé de ses desseins pour l'Angleterre. Il en recevoit ou y envoyoit continuellement des courriers. Ses espérances augmentoient tous les jours, et enfin Lignerolles lui manda qu'il étoit temps que sa présence vînt achever ce qui étoit si bien commencé. Il reçut cette nouvelle avec toute la joie que peut avoir un jeune homme ambitieux, qui se voit porté au trône par sa seule réputation. Son esprit s'étoit insensiblement accoutumé à la grandeur de cette fortune, et, au lieu qu'il l'avoit rejetée d'abord comme une chose où il ne pouvoit parvenir, les difficultés s'étoient effacées de son imagination, et il ne voyoit plus d'obstacles.14

Il envoya en diligence à Paris donner tous les ordres nécessaires pour faire un équipage magnifique, afin de paroître en Angleterre avec un éclat proportionné au dessein qui l'y conduisoit, et il se hâta lui-même de venir à la Cour pour assister au mariage de Monsieur de Lorraine.

Il arriva la veille des fiançailles, et, dès le même soir qu'il fut arrivé, il alla rendre compte au Roi de l'état de son dessein, et recevoir ses ordres et ses conseils pour ce qui lui restoit à faire. Il alla ensuite chez les Reines. Madame de Clèves n'y étoit pas, de sorte qu'elle ne le vit point, et ne sut pas même qu'il fût arrivé. Elle avoit ouï parler de ce prince à tout le monde comme de ce qu'il y avoit de mieux fait et de plus agréable à la Cour; et surtout Madame la Dauphine le lui avoit dépeint d'une sorte et lui en avoit parlé tant de fois, qu'elle lui avoit donné de la curiosité et même de l'impatience de le voir.

Elle passa tout le jour des fiançailles chez elle à se parer, pour se trouver le soir au bal et au festin royal qui se faisoit au Louvre. Lorsqu'elle arriva, l'on admira sa beauté et sa parure. Le bal commença, et comme elle dansoit avec Monsieur de Guise, il se fit un assez grand bruit vers la porte de la salle, comme de quelqu'un qui entroit et à qui on faisoit place. Madame de Clèves acheva de danser, et, pendant qu'elle cherchoit des yeux quelqu'un qu'elle avoit dessein de prendre, le Roi lui cria de prendre celui qui arrivoit. Elle se tourna, et vit un homme qu'elle crut d'abord ne pouvoir être que Monsieur de Nemours, qui passoit par dessus quelque siége pour arriver où l'on dansoit. Ce prince étoit fait d'une sorte qu'il étoit difficile de n'être pas surprise de le voir quand on ne l'avoit jamais vu, surtout ce soir-là, où le soin qu'il avoit pris de se parer augmentoit encore l'air brillant qui étoit dans sa personne. Mais il étoit difficile aussi de voir Madame de Clèves pour la première fois sans avoir un grand étonnement.15

Monsieur de Nemours fut tellement surpris de sa beauté, que, lorsqu'il fut proche d'elle et qu'elle lui fit la révérence, il ne put s'empêcher de donner des marques de son admiration. Quand ils commencèrent à danser, il s'éleva dans la salle un murmure de louanges. Le Roi et les Reines se souvinrent qu'ils ne s'étoient jamais vus, et trouvèrent quelque chose de singulier de les voir danser ensemble sans se connaître. Ils les appelèrent quand ils eurent fini, sans leur donner le loisir de parler à personne, et leur demandèrent s'ils n'avoient pas envie de savoir qui ils étoient, et s'ils ne s'en doutoient point.

"Pour moi, Madame, dit Monsieur de Nemours, je n'ai pas d'incertitude; mais, comme Madame de Clèves n'a pas les mêmes raisons pour deviner qui je suis que celles que j'ai pour la reconnoître, je voudrois bien que Votre Majesté eût la bonté de lui apprendre mon nom."

"Je crois, dit Madame la Dauphine, qu'elle le sait aussi bien que vous savez le sien."

"Je vous assure, Madame, reprit Madame de Clèves, qui paroissoit un peu embarrassée, que je ne devine pas si bien que vous pensez."

"Vous devinez fort bien, répondit Madame la Dauphine, et il y a même quelque chose d'obligeant pour Monsieur de Nemours à ne vouloir pas avouer que vous le connaissez sans l'avoir jamais vu."

La Reine les interrompit pour faire continuer le bal. Monsieur de Nemours prit la Reine Dauphine. Cette princesse étoit d'une parfaite beauté et avoit paru telle aux yeux de Monsieur de Nemours avant qu'il allât en Flandre; mais de tout le soir il ne put admirer que Madame de Clèves.

Le chevalier de Guise, qui l'adorait toujours, étoit à ses pieds, et ce qui se venoit de passer lui avoit donné une douleur sensible. Il prit comme un présage que la fortune destinoit Monsieur de Nemours à être amoureux de Madame16 de Clèves; et, soit qu'en effet il eût paru quelque trouble sur son visage, ou que la jalousie fît voir au chevalier de Guise au delà de la vérité, il crut qu'elle avoit été touchée de la vue de ce prince, et il ne put s'empêcher de lui dire que Monsieur de Nemours étoit bien heureux de commencer à être connu d'elle par une aventure qui avoit quelque chose de galant et d'extraordinaire.

Madame de Clèves revint chez elle l'esprit si rempli de ce qui s'étoit passé au bal, que, quoiqu'il fût fort tard, elle alla dans la chambre de sa mère pour lui en rendre compte, et elle lui loua Monsieur de Nemours avec un certain air qui donna à Madame de Chartres la même pensée qu'avoit eue le chevalier de Guise.

Le lendemain, la cérémonie des noces se fit. Madame de Clèves y vit le duc de Nemours avec une mine et une grâce si admirables, qu'elle en fut encore plus surprise.

Les jours suivants, elle le vit chez la Reine Dauphine; elle le vit jouer à la paume avec le Roi, elle le vit courre la bague, [1] elle l'entendit parler; mais elle le vit toujours surpasser de si loin tous les autres et se rendre tellement maître de la conversation dans tous les lieux où il étoit, par l'air de sa personne et par l'agrément de son esprit, qu'il fit en peu de temps une grande impression dans son cœur.

Il est vrai aussi que, comme Monsieur de Nemours sentoit pour elle une inclination violente qui lui donnoit cette douceur et cet enjouement qu'inspirent les premiers désirs de plaire, il étoit encore plus aimable qu'il n'avoit accoutumé de l'être; de sorte que, se voyant souvent, se voyant l'un et l'autre ce qu'il y avoit de plus parfait à la Cour, il étoit difficile qu'ils ne se plussent infiniment.

La passion de Monsieur de Nemours pour Madame de Clèves fut d'abord si violente, qu'elle lui ôta le goût et même le souvenir de toutes les personnes qu'il avoit aimées, et avec qui il avoit conservé des commerces pendant son17 absence. Il ne prit pas seulement le soin de chercher des prétextes pour rompre avec elles; il ne put se donner la patience d'écouter leurs plaintes et de répondre à leurs reproches. Madame la Dauphine, pour qui il avoit eu des sentiments assez passionnés, ne put tenir dans son cœur contre Madame de Clèves. Son impatience pour le voyage d'Angleterre commença même à se ralentir, et il ne pressa plus avec tant d'ardeur les choses qui étoient nécessaires pour son départ. Il alloit souvent chez la Reine Dauphine, parce que Madame de Clèves y alloit souvent, et il n'étoit pas fâché de laisser imaginer ce que l'on avoit cru de ses sentiments pour cette Reine. Madame de Clèves lui paraissoit d'un si grand prix, qu'il se résolut de manquer plutôt à lui donner des marques de sa passion, que de hasarder de la faire connoître au public. Il n'en parla pas même au vidame de Chartres, qui étoit son ami intime, et pour qui il n'avoit rien de caché. Il prit une conduite si sage, et s'observa avec tant de soin, que personne ne le soupçonna d'être amoureux de Madame de Clèves, que le chevalier de Guise; et elle auroit eu peine à s'en apercevoir elle-même, si l'inclination qu'elle avoit pour lui ne lui eût donné une attention particulière pour ses actions, qui ne lui permit pas d'en douter.

Elle ne se trouva pas la même disposition à dire à sa mère ce qu'elle pensoit des sentiments de ce prince, qu'elle avoit eue à lui parler de ses autres amants: sans avoir un dessein formé de lui cacher, elle ne lui en parla point. Mais Madame de Chartres ne le voyoit que trop, aussi bien que le penchant que sa fille avoit pour lui. Cette connoissance lui donna une douleur sensible: elle jugeoit bien le péril où étoit cette jeune personne d'être aimée d'un homme fait comme Monsieur de Nemours, pour qui elle avoit de l'inclination. Elle fut entièrement confirmée dans les soupçons qu'elle avoit de cette inclination par une chose qui arriva peu de jours après.18

Le maréchal de Saint-André, [1] qui cherchoit toutes les occasions de faire voir sa magnificence, supplia le Roi, sur le prétexte de lui montrer sa maison, qui ne venoit que d'être achevée, de lui vouloir faire l'honneur d'y aller souper avec les Reines. Ce maréchal étoit bien aise aussi de faire paroître aux yeux de Madame de Clèves cette dépense éclatante qui alloit jusqu'à la profusion.

Quelques jours avant celui qui avoit été choisi pour ce souper, le Roi Dauphin, dont la santé étoit assez mauvaise, s'étoit trouvé mal, et n'avoit vu personne. La Reine sa femme avoit passé tout le jour auprès de lui. Sur le soir, comme il se portoit mieux, il fit entrer toutes les personnes de qualité qui étoient dans son antichambre. La Reine Dauphine s'en alla chez elle; elle y trouva Madame de Clèves et quelques autres dames qui étoient les plus dans sa familiarité.

Comme il étoit déjà assez tard, et qu'elle n'étoit point habillée, elle n'alla pas chez la Reine; elle fit dire qu'on ne la voyoit point, [2] et fit apporter ses pierreries, afin d'en choisir pour le bal du maréchal de Saint-André, et pour en donner à Madame de Clèves, à qui elle en avoit promis. Comme elles étoient dans cette occupation, le prince de Condé arriva. Sa qualité lui rendoit toutes les entrées libres. [3] La Reine Dauphine lui dit qu'il venoit sans doute de chez le Roi son mari, et lui demanda ce que l'on y faisoit. "L'on dispute contre Monsieur de Nemours, Madame, répondit-il, et il défend avec tant de chaleur la cause qu'il soutient, qu'il faut que ce soit la sienne. Je crois qu'il a quelque maîtresse qui lui donne de l'inquiétude quand elle est au bal, tant il trouve que c'est une chose fâcheuse pour un amant, que d'y voir la personne qu'il aime."

"Comment! reprit Madame la Dauphine, Monsieur de Nemours ne veut pas que sa maîtresse [4] aille au bal? J'avois bien cru que les maris pouvoient souhaiter que leurs femmes19 n'y allassent pas; mais, pour les amants, je n'avois jamais pensé qu'ils pussent être de ce sentiment."

"Monsieur de Nemours trouve, répliqua le prince de Condé, que le bal est ce qu'il y a de plus insupportable pour les amants, soit qu'ils soient aimés ou qu'ils ne le soient pas. Il dit que, s'ils sont aimés, ils ont le chagrin de l'être moins pendant plusieurs jours; qu'il n'y a point de femme que le soin de sa parure n'empêche de songer à son amant; qu'elles en sont entièrement occupées; que ce soin de se parer est pour tout le monde, aussi bien que pour celui qu'elles aiment; que lorsqu'elles sont au bal, elles veulent plaire à tous ceux qui les regardent; que, quand elles sont contentes de leur beauté, elles en ont une joie dont leur amant ne fait pas la plus grande partie. Il dit aussi que, quand on n'est point aimé, on souffre encore davantage de voir sa maîtresse dans une assemblée; que plus elle est admirée du public, plus on se trouve malheureux de n'en être point aimé; que l'on craint toujours que sa beauté ne fasse naître quelque amour plus heureux que le sien; enfin, il trouve qu'il n'y a point de souffrance pareille à celle de voir sa maîtresse au bal, si ce n'est de savoir qu'elle y est, et de n'y être pas."

Madame de Clèves ne faisoit pas semblant d'entendre ce que disoit le prince de Condé, mais elle l'écoutoit avec attention. Elle jugeoit aisément quelle part elle avoit à l'opinion que soutenoit Monsieur de Nemours, et surtout à ce qu'il disoit du chagrin de n'être pas au bal où étoit sa maîtresse, parce qu'il ne devoit pas être à celui du maréchal de Saint-André, et que le Roi l'envoyoit au devant du duc de Ferrare. [1]

La Reine Dauphine rioit avec le prince de Condé, et n'approuvoit pas l'opinion de Monsieur de Nemours. "Il n'y a qu'une occasion, Madame, lui dit ce prince, où Monsieur de Nemours consente que sa maîtresse aille au bal20 c'est lorsque c'est lui qui le donne; que l'année passée, qu'il en donna un à Votre Majesté, il trouva que sa maîtresse lui faisoit une faveur d'y venir, quoiqu'elle ne semblât que vous y suivre; que c'est toujours faire une grâce à un amant que d'aller prendre sa part à un plaisir qu'il donne; que c'est aussi une chose agréable pour l'amant, que sa maîtresse le voie maître d'un lieu où est toute la Cour, et qu'elle le voie se bien acquitter d'en faire les honneurs."

"Monsieur de Nemours avoit raison, dit la Reine Dauphine en souriant, d'approuver que sa maîtresse allât au bal; il y avoit alors un si grand nombre de femmes à qui il donnoit cette qualité, que, si elles n'y fussent point venues, il y auroit eu peu de monde."

Sitôt que le prince de Condé avoit commencé à conter les sentiments de Monsieur de Nemours sur le bal, Madame de Clèves avoit senti une grande envie de ne point aller à celui du maréchal de Saint-André. Elle entra aisément dans l'opinion qu'il ne falloit pas aller chez un homme dont on étoit aimée, et elle fut bien aise d'avoir une raison de sévérité pour faire une chose qui étoit une faveur pour Monsieur de Nemours. Elle emporta néanmoins la parure que lui avoit donnée la Reine Dauphine; mais le soir, lorsqu'elle la montra à sa mère, elle lui dit qu'elle n'avoit pas dessein de s'en servir; que le maréchal de Saint-André prenoit tant de soin de faire voir qu'il étoit attaché à elle, qu'elle ne doutoit point qu'il ne voulût aussi faire croire qu'elle auroit part au divertissement qu'il devoit donner au Roi, et que sous prétexte de faire les honneurs de chez lui, il lui rendroit des soins dont peut-être elle seroit embarrassée.

Madame de Chartres combattit quelque temps l'opinion de sa fille, comme la trouvant particulière; mais, voyant qu'elle s'y opiniâtroit, elle s'y rendit, et lui dit qu'il falloit donc qu'elle fît la malade,

[1] pour avoir un prétexte de n'y pas aller, parce que les raisons qui l'en empêchoient ne seroient21 pas approuvées, et qu'il falloit même empêcher qu'on ne les soupçonnât. Madame de Clèves consentit volontiers à passer quelques jours chez elle, pour ne point aller dans un lieu où M. de Nemours ne devoit pas être, et il partit sans avoir le plaisir de savoir qu'elle n'iroit pas.

Il revint le lendemain du bal; il sut qu'elle ne s'y étoit pas trouvée; mais, comme il ne savoit pas que l'on eût redit devant elle la conversation de chez le Roi Dauphin, il étoit bien éloigné de croire qu'il fût assez heureux pour l'avoir empêchée d'y aller.

Le lendemain, comme il étoit chez la Reine, et qu'il parloit à Madame la Dauphine, Madame de Chartres et Madame de Clèves y vinrent, et s'approchèrent de cette princesse. Madame de Clèves étoit un peu négligée, comme une personne qui s'étoit trouvée mal; mais son visage ne répondoit pas à son habillement.

"Vous voilà si belle, lui dit Madame la Dauphine, que je ne saurois croire que vous ayez été malade. Je pense que Monsieur le prince de Condé, en vous contant l'avis de Monsieur de Nemours sur le bal, vous a persuadée que vous feriez une faveur au maréchal de Saint-André d'aller chez lui, et que c'est ce qui vous a empêchée d'y venir."

Madame de Clèves rougit de ce que Madame la Dauphine devinoit si juste, et de ce qu'elle disoit devant Monsieur de Nemours ce qu'elle avoit deviné.

Madame de Chartres vit dans ce moment pourquoi sa fille n'avoit pas voulu aller au bal; et pour empêcher que Monsieur de Nemours ne le jugeât aussi bien qu'elle, elle prit la parole sur un air qui sembloit être appuyé sur la vérité. "Je vous assure, Madame, dit-elle à Madame la Dauphine, que Votre Majesté fait plus d'honneur à ma fille qu'elle n'en mérite. Elle étoit véritablement malade; mais je crois que, si je ne l'en eusse empêchée, elle n'eût pas laissé de vous suivre et de se montrer aussi changée qu'elle étoit, pour22 avoir le plaisir de voir tout ce qu'il y a eu d'extraordinaire au divertissement d'hier au soir."

Madame la Dauphine crut ce que disoit Madame de Chartres; Monsieur de Nemours fut bien fâché d'y trouver de l'apparence;

néanmoins la rougeur de Madame de Clèves lui fit soupçonner que ce que Madame la Dauphine avoit dit n'étoit pas entièrement éloigné de la vérité. Madame de Clèves avoit d'abord été fâchée que Monsieur de Nemours eût lieu de croire que c'étoit lui qui l'avoit empêchée d'aller chez le maréchal de Saint-André; mais ensuite elle sentit quelque espèce de chagrin que sa mère lui en eût entièrement ôté l'opinion.

Quoique l'assemblée de Cercamp eût été rompue, les négociations pour la paix avoient toujours continué, et les choses s'y disposèrent d'une telle sorte que, sur la fin de février, on se rassembla à Château-Cambrésis. [1] Les mêmes députés y retournèrent, et l'absence du maréchal de Saint-André défit Monsieur de Nemours du rival qui lui étoit plus redoutable par l'attention qu'il avoit à observer ceux qui approchoient Madame de Clèves que par le progrès qu'il pouvoit faire auprès d'elle.

Madame de Chartres n'avoit pas voulu laisser voir à sa fille qu'elle connoissoit ses sentiments pour ce prince, de peur de se rendre suspecte sur les choses qu'elle avoit envie de lui dire. Elle se mit un jour à parler de lui; elle lui en dit du bien, et y mêla beaucoup de louanges empoisonnées sur la sagesse qu'il avoit d'être incapable de devenir amoureux, et sur ce qu'il ne se faisoit qu'un plaisir, et non pas un attachement sérieux, du commerce des femmes.

"Ce n'est pas, ajouta-t-elle, que l'on ne l'ait soupçonné d'avoir une grande passion pour la Reine Dauphine; je vois même qu'il y va très-souvent, et je vous conseille d'éviter autant que vous pourrez de lui parler, et surtout en particulier, parce que, Madame la Dauphine vous traitant comme23 elle fait, on diroit bientôt que vous êtes leur confidente, et vous savez combien cette réputation est désagréable. Je suis d'avis, si ce bruit continue, que vous alliez un peu moins chez Madame la Dauphine, afin de ne vous pas trouver mêlée dans des aventures de galanterie."

Madame de Clèves n'avoit jamais ouï parler de Monsieur de Nemours et de Madame la Dauphine: elle fut si surprise de ce que lui dit sa mère, et elle crut si bien voir combien elle s'étoit trompée dans tout ce qu'elle avoit pensé des sentiments de ce prince, qu'elle en changea de visage. Madame de Chartres s'en aperçut; il vint du monde dans ce moment; Madame de Clèves s'en alla chez elle, et s'enferma dans son cabinet.

L'on ne peut exprimer la douleur qu'elle sentit de connoître, par ce que lui venoit de dire sa mère, l'intérêt qu'elle prenoit à Monsieur de Nemours: elle n'avoit encore osé se l'avouer à elle-même. Elle vit alors que les sentiments qu'elle avoit pour lui étoient ceux que Monsieur de Clèves lui avoit tant demandés; elle trouva combien il étoit honteux de les avoir pour un autre que pour un mari qui les méritoit. Elle se sentit blessée et embarrassée de la crainte que Monsieur de Nemours ne la voulût faire servir de prétexte à Madame la Dauphine, et cette pensée la détermina à conter à Madame de Chartres ce qu'elle ne lui avoit encore dit.

Elle alla le lendemain matin dans sa chambre pour exécuter ce qu'elle avoit résolu; mais elle trouva que Madame de Chartres avoit un peu de fièvre, de sorte qu'elle ne voulut pas lui parler. Ce mal paroissoit néanmoins si peu de chose, que Madame de Clèves ne laissa pas d'aller l'après-dînée chez Madame la Dauphine; elle étoit dans son cabinet avec deux ou trois dames qui étoient le plus avant dans sa familiarité.

"Nous parlions de Monsieur de Nemours, lui dit cette Reine en la voyant, et nous admirions combien il est changé24 depuis son retour de Bruxelles: devant que [1] d'y aller, il avoit un nombre infini de maîtresses, et c'étoit même un défaut en lui, car il ménageoit également celles qui avoient du mérite et celles qui n'en avoient pas; depuis qu'il est revenu, il ne connoît ni les unes ni les autres; il n'y a jamais eu un si grand changement; je trouve même qu'il y en a dans son humeur, et qu'il est moins gai que de coutume."

Madame de Clèves ne répondit rien, et elle pensoit avec honte qu'elle auroit pris tout ce que l'on disoit du changement de ce prince pour des marques de sa passion, si elle n'avoit point été détrompée. Elle se sentoit quelque aigreur contre Madame la Dauphine, de lui voir chercher des raisons et s'étonner d'une chose dont apparemment elle savoit mieux la vérité que personne. Elle ne put s'empêcher de lui en témoigner quelque chose; et comme les autres dames s'éloignèrent, elle s'approcha d'elle et lui dit tout bas:

"Est-ce aussi pour moi, Madame, que vous venez de parler, et voudriez-vous me cacher que vous fussiez celle qui a fait changer de conduite à Monsieur de Nemours?"

"Vous êtes injuste, lui dit Madame la Dauphine; vous savez que je n'ai rien de caché pour vous. Il est vrai que Monsieur de Nemours, devant d'aller à Bruxelles, a eu, je crois, intention de me laisser entendre qu'il ne me haïssoit pas; mais, depuis qu'il est revenu, il ne m'a pas même paru qu'il se souvînt des choses qu'il avoit faites, et j'avoue que j'ai de la curiosité de savoir ce qui l'a fait changer. Il sera bien difficile que je ne le démêle, ajouta-t-elle: le vidame de Chartres, qui est son ami intime, est amoureux d'une personne sur qui j'ai quelque pouvoir, et je saurai par ce moyen ce qui a fait ce changement."

Madame la Dauphine parla d'un air qui persuada Madame de Clèves, et elle se trouva malgré elle dans un état plus calme et plus doux que celui où elle étoit auparavant.25

Lorsqu'elle revint chez sa mère, elle sut qu'elle étoit beaucoup plus mal qu'elle ne l'avoit laissée. La fièvre lui avoit redoublé, et les jours suivants elle augmenta de telle sorte qu'il parut que ce seroit une maladie considérable. Madame de Clèves étoit dans une affliction extrême; elle ne sortoit point de la chambre de sa mère; Monsieur de Clèves y passoit aussi presque tous les jours, et par l'intérêt qu'il prenoit à Madame de Chartres, et pour empêcher sa femme de s'abandonner à la tristesse, mais aussi pour avoir le plaisir de la voir: sa passion n'étoit point diminuée.

Monsieur de Nemours, qui avoit toujours eu beaucoup d'amitié pour lui, n'avoit pas cessé de lui en témoigner depuis son retour de Bruxelles. Pendant la maladie de Madame de Chartres, ce prince trouva le moyen de voir plusieurs fois Madame de Clèves, en faisant semblant de chercher son mari, ou de le venir prendre pour le mener promener. Il le cherchoit même à des heures où il savoit bien qu'il n'y étoit pas; et, sous le prétexte de l'attendre, il demeuroit dans l'antichambre de Madame de Chartres, où il y avoit toujours plusieurs personnes de qualité. Madame de Clèves y venoit souvent, et, pour être affligée, [1] elle n'en paroissoit pas moins belle à Monsieur de Nemours. Il lui faisoit voir combien il prenoit d'intérêt à son affliction, et il lui en parloit avec un air si doux et si soumis, qu'il la persuadoit aisément que ce n'étoit pas Madame la Dauphine dont il étoit amoureux.

Elle ne pouvoit s'empêcher d'être troublée de sa vue, et d'avoir pourtant du plaisir à le voir; mais, quand elle ne le voyoit plus, et qu'elle pensoit que ce charme qu'elle trouvoit dans sa vue étoit le commencement des passions, il s'en falloit peu qu'elle ne crût le haïr, [2] par la douleur que lui donnoit cette pensée.

Madame de Chartres empira si considérablement, que l'on commença à désespérer de sa vie; elle reçut ce que les 26 médecins lui dirent du péril où elle étoit avec un courage digne de sa vertu et de sa piété. Après qu'ils furent sortis, elle fit retirer tout le monde et appeler Madame de Clèves.

"Il faut nous quitter, ma fille, lui dit-elle en lui tendant la main; le péril où je vous laisse et le besoin que vous avez de moi augmentent le déplaisir que j'ai de vous quitter. Vous avez de l'inclination pour Monsieur de Nemours: je ne vous demande point de me l'avouer; je ne suis plus en état de me servir de votre sincérité pour vous conduire. Il y a déjà longtemps que je me suis aperçue de cette inclination; mais je ne vous en ai pas voulu parler d'abord, de peur de vous en faire apercevoir vous-même. Vous ne la connoissez que trop présentement: vous êtes sur le bord du précipice; il faut de grands efforts et de grandes violences pour vous retenir. Songez ce que vous devez à votre mari, songez ce que vous devez à vous-même, et pensez que vous allez perdre cette réputation que vous vous êtes acquise, et que je vous ai tant souhaitée. Ayez de la force et du courage, ma fille; retirez-vous de la Cour; obligez votre mari de vous emmener; ne craignez point de prendre des partis trop rudes et trop difficiles; quelque affreux qu'ils vous paroissent d'abord, ils seront plus doux dans les suites que les malheurs d'une galanterie. Si d'autres raisons que celles de la vertu et de votre devoir vous pouvoient obliger à ce que je souhaite, je vous dirois que, si quelque chose étoit capable de troubler le bonheur que j'espère en sortant de ce monde, ce seroit de vous voir tomber comme les autres femmes; mais, si ce malheur vous doit arriver, je reçois la mort avec joie, pour n'en pas être le témoin."

Madame de Clèves fondoit en larmes sur la main de sa mère, qu'elle tenoit serrée contre les siennes; et Madame de Chartres se sentant touchée elle-même: "Adieu, ma fille, lui dit-elle, finissons une conversation qui nous attendrit trop27 l'une et l'autre, et souvenez-vous, si vous pouvez, de tout ce que je viens de vous dire."

Elle se tourna de l'autre côté en achevant ces paroles, et commanda à sa fille d'appeler ses femmes, sans vouloir l'écouter ni parler davantage; Madame de Clèves sortit de la chambre de sa mère en l'état qu'on peut s'imaginer, et Madame de Chartres ne songea plus qu'à se préparer à la mort. Elle vécut encore deux jours, pendant lesquels elle ne voulut plus revoir sa fille, qui étoit la seule chose à quoi elle se sentoit attachée.28

SECONDE PARTIE.

Madame de Clèves étoit dans une affliction extrême; son mari ne la quittoit point, et, sitôt que Madame de Chartres fut expirée, il l'emmena à la campagne, pour l'éloigner d'un lieu qui ne faisoit qu'aigrir sa douleur. On n'en a jamais vu de pareille. Quoique la tendresse et la reconnoissance y eussent la plus grande part, le besoin qu'elle sentoit qu'elle avoit de sa mère pour se défendre contre Monsieur de Nemours ne laissoit pas d'y en avoir beaucoup. Elle se trouvoit malheureuse d'être abandonnée à elle-même, dans un temps où elle étoit si peu maîtresse de ses sentiments, et où elle eût tant souhaité d'avoir quelqu'un qui pût la plaindre et lui donner de la force. La manière dont Monsieur de Clèves en usoit pour elle lui faisoit souhaiter plus fortement que jamais de ne manquer à rien de ce qu'elle lui devoit. Elle lui témoigna aussi plus d'amitié et plus de tendresse qu'elle n'avoit encore fait; elle ne vouloit point qu'il la quittât, et il lui sembloit qu'à force de s'attacher à lui il la défendroit contre Monsieur de Nemours.

Ce prince vint voir Monsieur de Clèves à la campagne; il fit ce qu'il put pour rendre aussi une visite à Madame de Clèves; mais elle ne le voulut point recevoir, et sentant bien qu'elle ne pouvait s'empêcher de le trouver aimable, elle avoit fait une forte résolution de s'empêcher de le voir, et d'en éviter toutes les occasions qui dépendroient d'elle.

Monsieur de Clèves vint à Paris pour faire sa cour, et promit à sa femme de s'en retourner le lendemain; il ne revint néanmoins que le jour d'après.

"Je vous attendis tout hier, lui dit Madame de Clèves lorsqu'il arriva; et je vous dois faire des reproches de n'être pas venu comme vous me l'aviez promis."29

"Je fus très-fâché de ne pas revenir hier, répondit Monsieur de Clèves; mais j'étois si nécessaire à la consolation d'un malheureux, qu'il m'étoit impossible de le quitter.

"Il faut que je m'en retourne, continua Monsieur de Clèves, pour voir ce malheureux, et je crois qu'il faut que vous reveniez aussi à Paris. Il est temps que vous voyiez le monde, et que vous receviez ce nombre infini de visites dont aussi bien vous ne sauriez vous dispenser."

Madame de Clèves consentit à son retour, et elle revint le lendemain. Elle se trouva plus tranquille sur Monsieur de Nemours qu'elle n'avoit été: tout ce que lui avoit dit Madame de Chartres en mourant, et la douleur de sa mort, avoit fait une suspension à ses sentiments, qui lui faisoit croire qu'ils étoient entièrement effacés.

Dès le même soir qu'elle fut arrivée, Madame la Dauphine la vint voir, et, après lui avoir témoigné la part qu'elle avoit prise à son affliction, elle lui dit que, pour la détourner de ces tristes pensées, elle vouloit l'instruire de tout ce qui s'étoit passé à la Cour en son absence; elle lui conta ensuite plusieurs choses particulières. "Mais ce que j'ai le plus d'envie de vous apprendre, ajouta-t-elle, c'est qu'il est certain que Monsieur de Nemours est passionnément amoureux, et que ses amis les plus intimes non seulement ne sont point dans sa confidence, mais qu'ils ne peuvent deviner qui est la personne qu'il aime. Cependant cet amour est assez fort pour lui faire négliger, ou abandonner, pour mieux dire, les espérances d'une couronne."

Madame la Dauphine conta ensuite tout ce qui s'étoit passé sur l'Angleterre. "J'ai appris ce que je viens de vous dire, continua-t-elle, de Monsieur d'Anville, [1] et il m'a dit ce matin que le Roi envoya querir hier au soir Monsieur de Nemours, sur des lettres de Lignerolles, qui demande à revenir, et qui écrit au Roi qu'il ne peut plus soutenir auprès de la Reine d'Angleterre les retardements de Monsieur de30 Nemours; qu'elle commence à s'en offenser, et qu'encore qu'elle n'eût point donné de parole positive, elle en avoit assez dit pour faire hasarder un voyage. Le Roi lut cette lettre à Monsieur de Nemours, qui, au lieu de parler sérieusement, comme il avoit fait dans les commencements, ne fit que rire, que badiner, et se moquer des espérances de Lignerolles. Il dit que toute l'Europe condamneroit son imprudence s'il hasardoit d'aller en Angleterre comme un prétendu mari de la Reine, sans être assuré du succès. 'Il me semble aussi, ajouta-t-il, que je prendrois mal mon temps de faire ce voyage présentement, que le Roi d'Espagne fait de si grandes instances pour épouser cette Reine. Ce ne seroit peut-être pas un rival bien redoutable dans une galanterie; mais je pense que dans un mariage Votre Majesté ne me conseilleroit pas de lui disputer quelque chose.'—'Je vous le conseillerois en cette occasion, reprit le Roi; mais vous n'auriez rien à lui disputer. Je sais qu'il a d'autres pensées, et quand il n'en auroit pas, la Reine Marie s'est trop mal trouvée du joug de l'Espagne pour croire que sa sœur le veuille reprendre, et qu'elle se laisse éblouir à l'éclat de tant de couronnes jointes ensemble.'—'Si elle ne s'en laisse pas éblouir, repartit Monsieur de Nemours, il y a apparence qu'elle voudra se rendre heureuse par l'amour. Elle a aimé le milord Courtenay [1] il y a déjà quelques années; il étoit aussi aimé de la Reine Marie, qui l'auroit épousé du consentement de l'Angleterre, sans qu'elle connût que la jeunesse et la beauté de sa sœur Elisabeth le touchoient davantage que l'espérance de régner. Votre Majesté sait que les violentes jalousies qu'elle en eut la portèrent à les mettre l'un et l'autre en prison, à exiler ensuite le milord Courtenay, et la déterminèrent enfin à épouser le Roi d'Espagne. Je crois qu'Elisabeth, qui est présentement sur le trône, rappellera bientôt ce milord, et qu'elle choisira un homme qu'elle a aimé, qui est fort aimable, qui a tant souffert31 pour elle, plutôt qu'un autre qu'elle n'a jamais vu.'—'Je serois de votre avis, repartit le Roi, si Courtenay vivoit encore; mais j'ai su depuis quelques jours qu'il est mort à Padoue, où il étoit relégué. Je vois bien, ajouta-t-il en quittant Monsieur de Nemours, qu'il faudroit faire votre mariage comme on feroit celui de Monsieur le Dauphin, et envoyer épouser la Reine d'Angleterre par des ambassadeurs.'

"Monsieur d'Anville et Monsieur le Vidame, qui étoient chez le Roi avec M. de Nemours, sont persuadés que c'est cette même passion dont il est occupé qui le détourne d'un si grand dessein. Le Vidame, qui le voit de plus près que personne, a dit à Madame de Martigues que ce prince est tellement changé qu'il ne le reconnoît plus; et, ce qui l'étonne davantage, c'est qu'il ne lui voit aucun commerce, ni aucunes heures particulières où il se dérobe; en sorte qu'il croit qu'il n'a point d'intelligence avec la personne qu'il aime; et c'est ce qui fait méconnoître Monsieur de Nemours, de lui voir aimer une femme qui ne répond point à son amour."

Quel poison pour Madame de Clèves que le discours de Madame la Dauphine! Le moyen de ne pas se reconnoître pour cette personne dont on ne savoit point le nom, et le moyen de n'être pas pénétrée de reconnoissance et de tendresse en apprenant, par une voie qui ne lui pouvoit être suspecte, que ce prince, qui touchoit déjà son cœur, cachoit sa passion à tout le monde, et négligeoit pour l'amour d'elle les espérances d'une couronne? Aussi ne peut-on représenter ce qu'elle sentit et le trouble qui s'éleva dans son âme. Si Madame la Dauphine l'eût regardée avec attention, elle eût aisément remarqué que les choses qu'elle venoit de dire ne lui étoient pas indifférentes; mais, comme elle n'avoit aucun soupçon de la vérité, elle continua de parler sans y faire de réflexion. "Monsieur d'Anville, ajouta-t-elle, qui, comme je vous viens de dire, m'a appris tout32 ce détail, m'en croit mieux instruite que lui, et il a une si grande opinion de mes charmes, qu'il est persuadé que je suis la seule personne qui puisse faire de si grands changements en Monsieur de Nemours."

Ces dernières paroles de Madame la Dauphine donnèrent une autre sorte de trouble à Madame de Clèves que celui qu'elle avoit eu quelques moments auparavant. "Je serois aisément de l'avis de Monsieur d'Anville, répondit-elle, et il y a beaucoup d'apparence, Madame, qu'il ne faut pas moins qu'une princesse telle que vous pour faire mépriser la Reine d'Angleterre."

"Je vous l'avouerois si je le savois, repartit Madame la Dauphine, et je le saurois s'il étoit véritable. Ces sortes de passions n'échappent point à la vue de celles qui les causent; elles s'en aperçoivent les premières. Monsieur de Nemours ne m'a jamais témoigné que de légères complaisances; mais il y a néanmoins une si grande différence de la manière dont il a vécu avec moi à celle dont il y vit présentement, que je puis vous répondre que je ne suis pas la cause de l'indifférence qu'il a pour la couronne d'Angleterre.

"Je m'oublie avec vous, ajouta Madame la Dauphine, et je ne me souviens pas qu'il faut que j'aille voir Madame. [1] Vous savez que la paix est quasi conclue; mais vous ne savez pas que le Roi d'Espagne n'a voulu passer aucun article qu'à condition d'épouser cette princesse, au lieu du prince don Carlos, son fils. Le Roi a eu beaucoup de peine à s'y résoudre; enfin il y a consenti, et il est allé tantôt annoncer cette nouvelle à Madame. Je crois qu'elle sera inconsolable: ce n'est pas une chose qui puisse plaire d'épouser un homme de l'âge et de l'humeur du Roi d'Espagne, surtout à elle, qui a toute la joie que donne la première jeunesse jointe à la beauté, et qui s'attendoit d'épouser un jeune prince pour qui elle a de l'inclination sans l'avoir vu. Je ne sais si le Roi trouvera en elle toute l'obéissance qu'il désire; il m'a33 chargée de la voir, parce qu'il sait qu'elle m'aime, et qu'il croit que j'aurai quelque pouvoir sur son esprit. Je ferai ensuite une autre visite bien différente: j'irai me réjouir avec Madame, sœur du Roi. Tout est arrêté pour son mariage avec Monsieur de Savoie, et il sera ici dans peu de temps. Jamais personne de l'âge de cette princesse n'a eu une joie si entière de se marier. La Cour va être plus belle et plus grosse qu'on ne l'a jamais vue; et, malgré votre affliction, il faut que vous veniez nous aider à faire voir aux étrangers que nous n'avons pas de médiocres beautés."

Après ces paroles, Madame la Dauphine quitta Madame de Clèves, et le lendemain le mariage de Madame fut su de tout le monde. Les jours suivants, le Roi et les Reines allèrent voir Madame de Clèves. Monsieur de Nemours, qui avoit attendu son retour avec une extrême impatience, et qui souhaitoit ardemment de lui pouvoir parler sans témoins, attendit pour aller chez elle l'heure que tout le monde en sortiroit, et qu'apparemment il ne reviendroit plus personne. Il réussit dans son dessein, et il arriva comme les dernières visites [1] en sortoient.

Cette princesse étoit sur son lit [2]; il faisoit chaud, et la vue de M. de Nemours acheva de lui donner une rougeur qui ne diminuoit pas sa beauté. Il s'assit vis-à-vis d'elle, avec cette crainte et cette timidité que donnent les véritables passions. Il demeura quelque temps sans pouvoir parler; Madame de Clèves n'étoit pas moins interdite, de sorte qu'ils gardèrent assez longtemps le silence. Enfin Monsieur de Nemours prit la parole, et lui fit des compliments sur son affliction. Madame de Clèves, étant bien aise de continuer la conversation sur ce sujet, parla assez longtemps de la perte qu'elle avoit faite; et enfin elle dit que, quand le temps auroit diminué la violence de sa douleur, il lui en demeureroit toujours une si forte impression, que son humeur en seroit changée.34

"Les grandes afflictions et les passions violentes, repartit Monsieur de Nemours, font de grands changements dans l'esprit, et, pour moi, je ne me reconnois pas depuis que je suis revenu de Flandres. Beaucoup de gens ont remarqué ce changement, et même Madame la Dauphine m'en parloit encore hier."

"Il est vrai, repartit Madame de Clèves, qu'elle l'a remarqué, et je crois lui en avoir ouï dire quelque chose."

"Je ne suis pas fâché, Madame, répliqua Monsieur de Nemours, qu'elle s'en soit aperçue; mais je voudrois qu'elle ne fût pas seule à s'en apercevoir. Il y a des personnes à qui on n'ose donner d'autres marques de la passion qu'on a pour elles que par les choses qui ne les regardent point; et, n'osant leur faire paroître qu'on les aime, on voudroit du moins qu'elles vissent que l'on ne veut être aimé de personne. L'on voudroit qu'elles sussent qu'il n'y a point de beauté, dans quelque rang qu'elle pût être, que l'on ne regardât avec indifférence, et qu'il n'y a point de couronne que l'on voulût acheter au prix de ne les voir jamais. Les femmes jugent d'ordinaire de la passion qu'on a pour elles, continua-t-il, par le soin qu'on prend de leur plaire et de les chercher; mais ce n'est pas une chose difficile, pour peu qu'elles soient aimables. [1] Ce qui est difficile, c'est de ne s'abandonner pas au plaisir de les suivre, c'est de les éviter, par la peur de laisser paroître au public, et quasi à elles-mêmes, les sentiments que l'on a pour elles; et, ce qui marque encore mieux un véritable attachement, c'est de devenir entièrement opposé à ce que l'on étoit, et de n'avoir plus d'ambition ni de plaisirs, après avoir été toute sa vie occupé de l'un et de l'autre."

Madame de Clèves entendoit aisément la part qu'elle avoit à ces paroles. Il lui sembloit qu'elle devoit y répondre et ne les pas souffrir. Il lui sembloit aussi qu'elle ne devoit pas les entendre, ni témoigner qu'elle les prît pour elle; elle35 croyoit devoir parler, et croyoit ne devoir rien dire. Le discours de Monsieur de Nemours lui plaisoit et l'offensoit quasi également; elle y voyoit la confirmation de tout ce que lui avoit fait penser Madame la Dauphine; elle y trouvoit quelque chose de galant et de respectueux, mais aussi quelque chose de hardi et de trop intelligible. L'inclination qu'elle avoit pour ce prince lui donnoit un trouble dont elle n'étoit pas maîtresse. Les paroles les plus obscures d'un homme qui plaît donnent plus d'agitation que des déclarations ouvertes d'un homme qui ne plaît pas. Elle demeuroit donc sans répondre, et Monsieur de Nemours se fût aperçu de son silence, dont il n'auroit peut-être pas tiré de mauvais présage, si l'arrivée de Monsieur de Clèves n'eût fini la conversation et sa visite.

Madame de Clèves étoit si occupée de ce qui venoit de se passer, qu'à peine pouvait-elle cacher la distraction de son esprit. Quand elle fut en liberté de rêver, elle connut bien qu'elle s'étoit trompée lorsqu'elle avoit cru n'avoir plus que de l'indifférence pour Monsieur de Nemours. Ce qu'il lui avoit dit avoit fait toute l'impression qu'il pouvoit souhaiter, et l'avoit entièrement persuadée de sa passion. Les actions de ce prince s'accordoient trop bien avec ses paroles pour laisser quelque doute à cette princesse. Elle ne se flatta plus de l'espérance de ne le pas aimer; elle songea seulement à ne lui en donner jamais aucune marque. C'étoit une entreprise difficile, dont elle connoissoit déjà les peines: elle savoit que le seul moyen d'y réussir étoit d'éviter la présence de ce prince; et, comme son deuil lui donnoit lieu d'être plus retirée que de coutume, elle se servit de ce prétexte pour n'aller plus dans les lieux où il la pouvoit voir. Elle étoit dans une tristesse profonde; la mort de sa mère en paroissoit la cause, et l'on n'en cherchoit point d'autre.

Monsieur de Nemours étoit désespéré de ne la voir presque plus; et, sachant qu'il ne la trouveroit dans aucune assemblée36 et dans aucun des divertissements où étoit toute la Cour, il ne pouvoit se résoudre d'y paroître; il feignit une passion grande pour la chasse, et il en faisoit des parties les mêmes jours qu'il y avoit des assemblées chez les Reines. Une légère maladie lui servit longtemps de prétexte pour demeurer chez lui, et pour éviter d'aller dans tous les lieux où il savoit bien que Madame de Clèves ne seroit pas.

Monsieur de Clèves fut malade à peu près dans le même temps. Madame de Clèves ne sortit point de sa chambre pendant son mal; mais quand il se porta mieux, qu'il vit du monde, et entr'autres Monsieur de Nemours, qui, sur le prétexte d'être encore foible, y passoit la plus grande partie du jour, elle trouva qu'elle n'y pouvoit plus demeurer; elle n'eut pas néanmoins la force d'en sortir les premières fois qu'il y vint: il y avoit trop longtemps qu'elle ne l'avoit vu pour se résoudre à ne le voir pas. Ce prince trouva le moyen de lui faire entendre, par des discours qui ne sembloient que généraux, mais qu'elle entendoit néanmoins, parce qu'ils avoient du rapport à ce qu'il lui avoit dit chez elle, qu'il alloit à la chasse pour rêver, et qu'il n'alloit pas aux assemblées parce qu'elle n'y étoit pas.

Elle exécuta enfin la résolution qu'elle avoit prise de sortir de chez son mari lorsqu'il y seroit; ce fut toutefois en se faisant une extrême violence. Ce prince vit bien qu'elle le fuyoit, et en fut sensiblement touché.

Monsieur de Clèves ne prit pas garde d'abord à la conduite de sa femme; mais enfin il s'aperçut qu'elle ne vouloit pas être dans sa chambre lorsqu'il y avoit du monde. Il lui en parla, et elle lui répondit qu'elle ne croyoit pas que la bienséance voulût qu'elle fût tous les soirs avec ce qu'il y avoit de plus jeune à la Cour; qu'elle le supplioit de trouver bon qu'elle fît une vie plus retirée qu'elle n'avoit accoutumé; que la vertu et la présence de sa mère autorisoient beaucoup de choses qu'une femme de son âge ne pouvoit soutenir.37

Monsieur de Clèves, qui avoit naturellement beaucoup de douceur et de complaisance pour sa femme, n'en eut pas en cette occasion, et il lui dit qu'il ne vouloit pas absolument qu'elle changeât de conduite. Elle fut prête de lui dire que le bruit étoit dans le monde que Monsieur de Nemours étoit amoureux d'elle; mais elle n'eut pas la force de le nommer. Elle sentit aussi de la honte de se vouloir servir d'une fausse raison, et de déguiser la vérité à un homme qui avoit si bonne opinion d'elle.

Quelques jours après, le Roi étoit chez la Reine à l'heure du cercle [1]; l'on parla des horoscopes et des prédictions. Les opinions étoient partagées sur la croyance que l'on y devoit donner. La Reine y ajoutoit beaucoup de foi: elle soutint qu'après tant de choses qui avoient été prédites, et que l'on avoit vu arriver, on ne pouvoit douter qu'il n'y eût quelque certitude dans cette science. D'autres soutenoient que, parmi ce nombre infini de prédictions, le peu qui se trouvoient véritables faisoit bien voir que ce n'étoit qu'un effet du hasard.

"J'ai eu autrefois beaucoup de curiosité pour l'avenir, dit le Roi; mais on m'a dit tant de choses fausses et si peu vraisemblables, que je suis demeuré convaincu que l'on ne peut rien savoir de véritable. Il y a quelques années qu'il vint ici un homme d'une grande réputation dans l'astrologie. Tout le monde l'alla voir: j'y allai comme les autres, mais sans lui dire qui j'étois, et je menai Monsieur de Guise et Descars; je les fis passer les premiers. L'astrologue néanmoins s'adressa d'abord à moi, comme s'il m'eût jugé le maître des autres; peut-être qu'il me connoissoit: cependant il me dit une chose qui ne me convenoit pas s'il m'eût connu. Il me prédit que je serois tué en duel. [2] Il dit ensuite à Monsieur de Guise qu'il seroit tué par derrière, [3] et à Descars qu'il auroit la tête cassée d'un coup de pied de cheval. Monsieur de Guise s'offensa quasi de cette prédiction,38 comme si on l'eût accusé de devoir fuir. Descars ne fut guère satisfait de trouver qu'il devoit finir par un accident si malheureux. Enfin, nous sortîmes tous très-mal contents de l'astrologue. Je ne sais ce qui arrivera à Monsieur de Guise et à Descars, mais il n'y a guère d'apparence que je sois tué en duel. Nous venons de faire la paix, le Roi d'Espagne et moi; et, quand nous ne l'aurions pas faite, je doute que nous nous battions, et que je le fisse appeler, [1] comme le Roi mon père fit appeler Charles-Quint."

Après le malheur que le Roi conta qu'on lui avoit prédit, ceux qui avoient soutenu l'astrologie en abandonnèrent le parti, et tombèrent d'accord qu'il n'y falloit donner aucune croyance. "Pour moi, dit tout haut Monsieur de Nemours, je suis l'homme du monde qui doit le moins y en avoir"; et, se tournant vers Madame de Clèves, auprès de qui il étoit: "On m'a prédit, lui dit-il tout bas, que je serois heureux par les bontés de la personne du monde pour qui j'aurois la plus violente et la plus respectueuse passion. Vous pouvez juger, Madame, si je dois croire aux prédictions."

Madame la Dauphine, qui crut, par ce que Monsieur de Nemours avoit dit tout haut, que ce qu'il disoit tout bas étoit quelque fausse prédiction qu'on lui avoit faite, demanda à ce prince ce qu'il disoit à Madame de Clèves. S'il eût eu moins de présence d'esprit, il eût été surpris de cette demande; mais, prenant la parole sans hésiter: "Je lui disois, Madame, répondit-il, que l'on m'a prédit que je serois élevé à une si haute fortune que je n'oserois même y prétendre."

"Si l'on ne vous a fait que cette prédiction, repartit Madame la Dauphine en souriant, et pensant à l'affaire d'Angleterre, je ne vous conseille pas de décrier l'astrologie, et vous pourriez trouver des raisons pour la soutenir."

Madame de Clèves comprit bien ce que vouloit dire Madame la Dauphine; mais elle entendoit bien aussi que la39 fortune dont Monsieur de Nemours vouloit parler n'étoit pas d'être Roi d'Angleterre.

Comme il y avoit déjà assez longtemps de la mort de sa mère, il falloit qu'elle commençât à paraître dans le monde, et à faire sa cour comme elle avoit accoutumé. Elle voyoit Monsieur de Nemours chez Madame la Dauphine; elle le voyoit chez Monsieur de Clèves, où il venoit souvent avec d'autres personnes de qualité de son âge, afin de ne se pas faire remarquer; mais elle ne le voyoit plus qu'avec un trouble dont il s'apercevoit aisément.

Quelque application qu'elle eût à éviter ses regards et à lui parler moins qu'à un autre, il lui échappoit de certaines choses qui partoient d'un premier mouvement, [1] qui faisoient juger à ce prince qu'il ne lui étoit pas indifférent. Un homme moins pénétrant que lui ne s'en fût peut-être pas aperçu; mais il avoit déjà été aimé tant de fois qu'il étoit difficile qu'il ne connût pas quand on l'aimoit.

L'affaire d'Angleterre revenoit souvent dans l'esprit de Madame de Clèves: il lui sembloit que Monsieur de Nemours ne résisteroit point aux conseils du Roi et aux instances de Lignerolles. Elle voyoit avec peine que ce dernier n'étoit point encore de retour, et elle l'attendoit avec impatience. Si elle eût suivi ses mouvements, elle se seroit informée avec soin de l'état de cette affaire; mais le même sentiment qui lui donnoit de la curiosité l'obligeoit à la cacher, et elle s'enquéroit seulement de la beauté, de l'esprit et de l'humeur de la Reine Elisabeth. On apporta un de ses portraits chez le Roi, qu'elle trouva plus beau qu'elle n'avoit envie de le trouver, et elle ne put s'empêcher de dire qu'il étoit flatté.

"Je ne le crois pas, reprit Madame la Dauphine, qui étoit présente; cette princesse a la réputation d'être belle et d'avoir un esprit fort au dessus du commun, et je sais bien qu'on me l'a proposée toute ma vie pour exemple. Elle doit être aimable, si elle ressemble à Anne de Boulen, sa mère.40 Jamais femme n'a eu tant de charmes et tant d'agrément dans sa personne et dans son humeur. J'ai ouï dire que son visage avoit quelque chose de vif et de singulier, et qu'elle n'avoit aucune ressemblance avec les autres beautés angloises."

La Reine Dauphine faisoit faire des portraits en petit [1] de toutes les belles personnes de la Cour, pour les envoyer à la Reine sa mère. Le jour qu'on achevoit celui de Madame de Clèves, Madame la Dauphine vint passer l'après-dînée chez elle. Monsieur de Nemours ne manqua pas de s'y trouver: il ne laissoit échapper aucune occasion de voir Madame de Clèves, sans laisser paroître néanmoins qu'il les cherchât. Elle étoit si belle ce jour-là qu'il en seroit devenu amoureux, quand [2] il ne l'auroit pas été; il n'osoit pourtant pas avoir les yeux attachés sur elle pendant qu'on la peignoit, et il craignoit de laisser trop voir le plaisir qu'il avoit à la regarder.

Madame la Dauphine demanda à Monsieur de Clèves un petit portrait qu'il avoit de sa femme, pour le voir auprès de celui qu'on achevoit. Tout le monde dit son sentiment de l'un et de l'autre, et Madame de Clèves ordonna au peintre de raccommoder quelque chose à la coiffure de celui que l'on venoit d'apporter. Le peintre, pour lui obéir, ôta le portrait de la boîte où il étoit; et, après y avoir travaillé, il le remit sur la table.

Il y avoit longtemps que Monsieur de Nemours souhaitoit d'avoir le portrait de Madame de Clèves. Lorsqu'il vit celui qui étoit à Monsieur de Clèves, il ne put résister à l'envie de le dérober à un mari qu'il croyoit tendrement aimé; et il pensa que, parmi tant de personnes qui étoient dans ce même lieu, il ne seroit pas soupçonné plutôt qu'un autre.

Madame la Dauphine étoit assise sur le lit, et parloit bas à Madame de Clèves, qui étoit debout devant elle. Madame41 de Clèves aperçut, par un des rideaux qui n'étoit qu'à demi fermé, Monsieur de Nemours, le dos contre la table qui étoit au pied du lit, et elle vit que, sans tourner la tête, il prenoit adroitement quelque chose sur cette table. Elle n'eut pas de peine à deviner que c'étoit son portrait, et elle en fut si troublée que Madame la Dauphine remarqua qu'elle ne l'écoutoit pas et lui demanda tout haut ce qu'elle regardoit. Monsieur de Nemours se tourna à ces paroles; il rencontra les yeux de Madame de Clèves qui étoient encore attachés sur lui, et il pensa qu'il n'étoit pas impossible qu'elle eût vu ce qu'il venoit de faire.

Madame de Clèves n'étoit pas peu embarrassée: la raison vouloit qu'elle demandât son portrait; mais, en le demandant publiquement, c'étoit apprendre à tout le monde les sentiments que ce prince avoit pour elle; et, en le lui demandant en particulier, c'étoit quasi l'engager à lui parler de sa passion; enfin elle jugea qu'il valoit mieux le lui laisser, et elle fut bien aise de lui accorder une faveur qu'elle lui pouvoit faire sans qu'il sût même qu'elle la lui faisoit. Monsieur de Nemours, qui remarquoit son embarras et qui en devinoit quasi la cause, s'approcha d'elle et lui dit tout bas: "Si vous avez vu ce que j'ai osé faire, ayez la bonté, Madame, de me laisser croire que vous l'ignorez; je n'ose vous en demander davantage." Et il se retira après ces paroles, et n'attendit point sa réponse.

Madame la Dauphine sortit pour s'aller promener, suivie de toutes les dames. Monsieur de Nemours alla se renfermer chez lui, ne pouvant soutenir en public la joie d'avoir un portrait de Madame de Clèves. Il sentoit tout ce que la passion peut faire sentir de plus agréable; il aimoit la plus aimable personne de la Cour; il s'en faisoit aimer malgré elle, et il voyoit dans toutes ses actions cette sorte de trouble et d'embarras que cause l'amour dans l'innocence de la première jeunesse.42

Le soir, on chercha ce portrait avec beaucoup de soin: comme on trouvoit la boîte où il devoit être, l'on ne soupçonna point qu'il eût été dérobé, et l'on crut qu'il étoit tombé par hasard. Monsieur de Clèves étoit affligé de cette perte; et, après qu'on eut encore cherché inutilement, il dit à sa femme, mais d'une manière qui faisoit voir qu'il ne le pensoit pas, qu'elle avoit sans doute quelque amant caché à qui elle avoit donné ce portrait, ou qui l'avoit dérobé, et qu'un autre qu'un amant ne se seroit pas contenté de la peinture sans la boîte.

Ces paroles, quoique dites en riant, firent une vive impression dans l'esprit de Madame de Clèves; elles lui donnèrent des remords; elle fit réflexion à la violence de l'inclination qui l'entraînoit vers Monsieur de Nemours; elle trouva qu'elle n'étoit plus maîtresse de ses paroles et de son visage; elle pensa que Lignerolles étoit revenu, qu'elle ne craignoit plus l'affaire d'Angleterre, qu'elle n'avoit plus de soupçons sur Madame la Dauphine, qu'enfin il n'y avoit plus rien qui la pût défendre, et qu'il n'y avoit de sûreté pour elle qu'en s'éloignant; mais comme elle n'étoit pas maîtresse de s'éloigner, elle se trouvoit dans une grande extrêmité et prête à tomber dans ce qui lui paroissoit le plus grand des malheurs, qui étoit de laisser voir à Monsieur de Nemours l'inclination qu'elle avoit pour lui. Elle se souvenoit de tout ce que Madame de Chartres lui avoit dit en mourant, et des conseils qu'elle lui avoit donnés de prendre toutes sortes de partis, quelque difficiles qu'ils pussent être, plutôt que de s'embarquer dans une galanterie. Il lui sembla qu'elle lui devoit avouer l'inclination qu'elle avoit pour Monsieur de Nemours. Cette pensée l'occupa longtemps; ensuite elle fut étonnée de l'avoir eue; elle y trouva de la folie, et retomba dans l'embarras de ne savoir quel parti prendre.43

TROISIÈME PARTIE.

La paix étoit signée. Madame Elisabeth, après beaucoup de répugnance, s'étoit résolue à obéir au Roi son père. Le duc d'Albe [1] avoit été nommé pour venir l'épouser au nom du Roi catholique, et il devoit bientôt arriver. L'on attendoit le duc de Savoie, qui venoit épouser Madame, sœur du Roi, et dont les noces se devoient faire en même temps. Le Roi ne songeoit qu'à rendre ces noces célèbres par des divertissements où il pût faire paroître l'adresse et la magnificence de sa Cour. On proposa tout ce qui se pouvoit faire de plus grand pour des ballets et des comédies; mais le Roi trouva ces divertissements trop particuliers, et il en voulut d'un plus grand éclat. Il résolut de faire un tournoi, où les étrangers seroient reçus, et dont le peuple pourroit être spectateur. Tous les princes et les jeunes seigneurs entrèrent avec joie dans le dessein du Roi, et surtout le duc de Ferrare, Monsieur de Guise et Monsieur de Nemours, qui surpassoient tous les autres dans ces sortes d'exercices. Le Roi les choisit pour être avec lui les quatre tenants du tournoi. [2]

On fit faire une grande lice proche de la Bastille, qui venoit du château des Tournelles, [3] qui traversoit la rue Saint-Antoine, et qui alloit rendre aux écuries royales. Il y avoit des deux côtés des échafauds et des amphithéâtres, avec des loges couvertes, qui formoient des espèces de galeries qui faisoient un très-bel effet à la vue, et qui pouvoient contenir un nombre infini de personnes. Tous les princes et seigneurs ne furent plus occupés que du soin d'ordonner ce qui leur étoit nécessaire pour paroître avec éclat, et pour mêler dans leurs chiffres ou dans leurs devises quelque chose de galant qui eût rapport aux personnes qu'ils aimoient.44

Peu de jours avant l'arrivée du duc d'Albe, le Roi fit une partie de paume avec Monsieur de Nemours, le chevalier de Guise et le vidame de Chartres. Les Reines les allèrent voir jouer, suivies de toutes les dames, et entr'autres de Madame de Clèves.

Après que la partie fut finie, comme l'on sortoit du jeu de paume, Chastelart [1] s'approcha de la Reine Dauphine, et lui dit que le hasard lui venoit de mettre entre les mains une lettre de galanterie qui étoit tombée de la poche de Monsieur de Nemours. [2] Cette Reine, qui avait toujours de la curiosité pour ce qui regardoit ce prince, dit à Chastelart de la lui donner: elle la prit, et suivit la Reine sa belle-mère, qui s'en alloit avec le Roi pour voir travailler à la lice. Après que l'on y eût été quelque temps, le Roi fit amener des chevaux qu'il avoit fait venir depuis peu. Quoiqu'ils ne fussent pas encore dressés, il les voulut monter, et en fit donner à tous ceux qui l'avoient suivi. Le Roi et Monsieur de Nemours se trouvèrent sur les plus fougueux. Ces chevaux se voulurent jeter l'un à l'autre. Monsieur de Nemours, par la crainte de blesser le Roi, recula brusquement, et porta son cheval contre un pilier du manège avec tant de violence, que la secousse le fit chanceler. On courut à lui, et on le crut considérablement blessé. Madame de Clèves le crut encore plus blessé que les autres. L'intérêt qu'elle y prenoit lui donna une appréhension et un trouble qu'elle ne songea pas à cacher; elle s'approcha de lui avec les Reines, et avec un visage si changé, qu'un homme moins intéressé que le chevalier de Guise s'en fût aperçu: aussi le remarqua-t-il aisément, et il eut bien plus d'attention à l'état où étoit Madame de Clèves qu'à celui où étoit Monsieur de Nemours. Le coup que ce prince s'étoit donné lui causa un si grand éblouissement, qu'il demeura quelque temps la tête penchée sur ceux qui le soutenoient. Quand il la releva, il vit d'abord Madame de Clèves; il connut, sur45 son visage, la pitié qu'elle avoit de lui, et il la regarda d'une sorte qui put lui faire juger combien il en étoit touché. Il fit ensuite des remercîments aux Reines de la bonté qu'elles lui témoignoient, et des excuses de l'état où il avoit été devant elles. Le Roi lui ordonna de s'aller reposer.

Madame de Clèves, en sortant de la lice, alla chez la Reine, l'esprit bien occupé de ce qui s'étoit passé. Monsieur de Nemours y vint peu de temps après, habillé magnifiquement, et comme un homme qui ne se sentoit pas de l'accident qui lui étoit arrivé; il paroissoit même plus gai que de coutume, et la joie de ce qu'il croyoit avoir vu lui donnoit un air qui augmentoit encore son agrément. Tout le monde fut surpris lorsqu'il entra, et il n'y eut personne qui ne lui demandât de ses nouvelles, excepté Madame de Clèves, qui demeura auprès de la cheminée sans faire semblant de le voir. Le Roi sortit d'un cabinet où il étoit, et, le voyant parmi les autres, il l'appela pour lui parler de son aventure. Monsieur de Nemours passa auprès de Madame de Clèves, et lui dit tout bas: "J'ai reçu aujourd'hui des marques de votre pitié, Madame; mais ce n'est pas de celles dont je suis le plus digne." Madame de Clèves s'étoit bien doutée que ce prince s'étoit aperçu de la sensibilité qu'elle avoit eue pour lui, et ses paroles lui firent voir qu'elle ne s'étoit pas trompée. Ce lui étoit une grande douleur de voir qu'elle n'étoit plus maîtresse de cacher ses sentiments, et de les avoir laissé paroître au chevalier de Guise. Elle en avoit aussi beaucoup que Monsieur de Nemours les connût; mais cette dernière douleur n'étoit pas si entière, et elle étoit mêlée de quelque sorte de douceur.

La Reine Dauphine, qui avoit une extrême impatience de savoir ce qu'il y avoit dans la lettre que Chastelart lui avoit donnée, s'approcha de Madame de Clèves: "Allez lire cette lettre, lui dit-elle; elle s'adresse à Monsieur de Nemours, et,46 selon les apparences, elle est de cette maîtresse pour qui il a quitté toutes les autres. Si vous ne la pouvez lire présentement, gardez-la; venez ce soir à mon coucher pour me la rendre, et pour me dire si vous en connoissez l'écriture." Madame la Dauphine quitta Madame de Clèves après ces paroles, et la laissa si étonnée et dans un si grand saisissement, qu'elle fut quelque temps sans pouvoir sortir de sa place. L'impatience et le trouble où elle étoit ne lui permirent pas de demeurer chez la Reine; elle s'en alla chez elle, quoiqu'il ne fût pas l'heure où elle avoit accoutumé de se retirer. Elle tenoit cette lettre avec une main tremblante; ses pensées étoient si confuses, qu'elle n'en avoit aucune distincte, et elle se trouvoit dans une sorte de douleur insupportable, qu'elle ne connoissoit point et qu'elle n'avoit jamais sentie. Sitôt qu'elle fut dans son cabinet, elle ouvrit cette lettre et la trouva telle:

"Je vous ai trop aimé pour vous laisser croire que le changement qui vous paroît en moi soit un effet de ma légèreté: je veux vous apprendre que votre infidélité en est la cause. Vous êtes bien surpris que je vous parle de votre infidélité; vous me l'aviez cachée avec tant d'adresse, et j'ai pris tant de soin de vous cacher que je la savois, que vous avez raison d'être étonné qu'elle me soit connue. Je suis surprise moi-même que j'aie pu ne vous en rien faire paroître. Jamais douleur n'a été pareille à la mienne: je croyois que vous aviez pour moi une passion violente; je ne vous cachois plus celle que j'avois pour vous; et, dans le temps que je vous la laissois voir toute entière, j'appris que vous me trompiez, que vous en aimiez une autre, et que, selon toutes les apparences, vous me sacrifiiez à cette nouvelle maîtresse. Je le sus le jour de la course de bague; c'est ce qui fit que je n'y allai point. Je feignis d'être malade pour cacher le désordre de mon esprit; mais je le devins en effet, et mon corps ne put supporter une si violente agitation. Quand je commençai47 à me porter mieux, je feignis encore d'être fort mal, afin d'avoir un prétexte de ne vous point voir et de ne vous point écrire. Je voulus avoir du temps pour résoudre de quelle sorte j'en devois user envers vous; je pris et je quittai vingt fois les mêmes résolutions; mais enfin je vous trouvai indigne de voir ma douleur, et je résolus de ne vous la point faire paroître. Je voulus blesser votre orgueil, en vous faisant voir que ma passion s'affoiblissoit d'elle-même. Je crus diminuer par là le prix du sacrifice que vous en faisiez; je ne voulus pas que vous eussiez le plaisir de montrer combien je vous aimois pour en paroître plus aimable. Je résolus de vous écrire des lettres tièdes et languissantes, pour jeter dans l'esprit de celle à qui vous les donniez que l'on cessoit de vous aimer. Je ne voulus pas qu'elle eût le plaisir d'apprendre que je savois qu'elle triomphoit de moi, ni augmenter son triomphe par mon désespoir et par mes reproches. Je pensai que je ne vous punirois pas assez en rompant avec vous, et que je ne vous donnerois qu'une légère douleur si je cessois de vous aimer lorsque vous ne m'aimiez plus. Je trouvai qu'il falloit que vous m'aimassiez pour sentir le mal de n'être point aimé, que j'éprouvois si cruellement. Je crus que, si quelque chose pouvoit rallumer les sentiments que vous aviez eus pour moi, c'était de vous faire voir que les miens étoient changés, mais de vous le faire voir en feignant de vous le cacher, et comme si je n'eusse pas eu la force de vous l'avouer. Je m'arrêtai à cette résolution; mais qu'elle me fut difficile à prendre! et qu'en vous revoyant elle me parut impossible à exécuter! Je fus prête cent fois à éclater par mes reproches et par mes pleurs. L'état où j'étois encore, par ma santé, me servit à vous déguiser mon trouble et mon affliction. Je fus soutenue ensuite par le plaisir de dissimuler avec vous, comme vous dissimuliez avec moi; néanmoins je me faisois une si grande violence pour vous dire et pour vous écrire48 que je vous aimois, que vous vîtes plus tôt que je n'avois eu dessein de vous laisser voir que mes sentiments étoient changés. Vous en fûtes blessé; vous vous en plaignîtes. Je tâchois de vous rassurer, mais c'étoit d'une manière si forcée, que vous en étiez encore mieux persuadé que je ne vous aimois plus. Enfin, je fis tout ce que j'avois eu intention de faire. La bizarrerie de votre cœur vous fit revenir vers moi à mesure que vous voyiez que je m'éloignois de vous. J'ai joui de tout le plaisir que peut donner la vengeance: il m'a paru que vous m'aimiez mieux que vous n'aviez jamais fait, et je vous ai fait voir que je ne vous aimois plus. J'ai eu lieu de croire que vous aviez entièrement abandonné celle pour qui vous m'aviez quittée. J'ai eu aussi des raisons pour être persuadée que vous ne lui aviez jamais parlé de moi. Mais votre retour et votre discrétion n'ont pu réparer votre légèreté: votre cœur a été partagé entre moi et une autre; vous m'avez trompée, cela suffit pour m'ôter le plaisir d'être aimée de vous comme je croyois mériter de l'être, et pour me laisser dans cette résolution que j'ai prise de ne vous voir jamais, et dont vous êtes si surpris."

Madame de Clèves lut cette lettre et la relut plusieurs fois sans savoir néanmoins ce qu'elle avoit lu; elle voyoit seulement que Monsieur de Nemours ne l'aimoit pas comme elle l'avoit pensé, et qu'il en aimoit d'autres, qu'il trompoit comme elle. Quelle vue et quelle connoissance pour une personne de son humeur, qui avoit une passion violente, qui venoit d'en donner des marques à un homme qu'elle en jugeoit indigne, et à un autre qu'elle maltraitoit pour l'amour de lui! Quels retours ne fit-elle point sur elle-même! Quelles réflexions sur les conseils que sa mère lui avoit donnés! Combien se repentit-elle de ne s'être pas opiniâtrée à se séparer du commerce du monde, malgré Monsieur de Clèves, ou de n'avoir pas suivi la pensée qu'elle avoit eue de lui49 avouer l'inclination qu'elle avoit pour Monsieur de Nemours! Elle trouvoit qu'elle auroit mieux fait de la découvrir à un mari dont elle connoissoit la bonté, et qui auroit eu intérêt à la cacher, que de la laisser voir à un homme qui en étoit indigne, qui la trompoit, qui la sacrifioit peut-être, et qui ne pensoit à être aimé d'elle que par un sentiment d'orgueil et de vanité; enfin elle trouva que tous les maux qui lui pouvoient arriver et toutes les extrémités où elle se pouvoit porter étoient moindres que d'avoir laissé voir à Monsieur de Nemours qu'elle l'aimoit, et de connoître qu'il en aimoit une autre. Tout ce qui la consoloit étoit de penser au moins qu'après cette connoissance elle n'avoit plus rien à craindre d'elle-même, et qu'elle seroit entièrement guérie de l'inclination qu'elle avoit pour ce prince.

Elle ne pensa guère à l'ordre que Madame la Dauphine lui avoit donné de se trouver à son coucher; elle se mit au lit, et feignit de se trouver mal; en sorte que, quand Monsieur de Clèves revint de chez le Roi, on lui dit qu'elle étoit endormie. Mais elle étoit bien éloignée de la tranquillité qui conduit au sommeil. Elle passa la nuit sans faire autre chose que s'affliger et relire la lettre qu'elle avoit entre les mains.

Madame de Clèves n'étoit pas la seule personne dont cette lettre troubloit le repos. Le vidame de Chartres, qui l'avoit perdue, et non pas Monsieur de Nemours, en étoit dans une extrême inquiétude. Il avoit passé tout le soir chez Monsieur de Guise, qui avoit donné un grand souper au duc de Ferrare, son beau-frère, et à toute la jeunesse de la Cour. Le hasard fit qu'en soupant on parla de jolies lettres. Le vidame de Chartres dit qu'il en avoit une sur lui plus jolie que toutes celles qui avoient jamais été écrites. On le pressa de la montrer; il s'en défendit. Monsieur de Nemours soutint qu'il n'en avoit point, et qu'il ne parloit que par vanité. Le Vidame lui répondit qu'il poussoit sa50 discrétion à bout; que néanmoins il ne montreroit pas la lettre, mais qu'il en liroit quelques endroits qui feroient juger que peu d'hommes en recevoient de pareilles. En même temps, il voulut prendre cette lettre, et ne la trouva point; il la chercha inutilement. On lui en fit la guerre [1]; mais il parut si inquiet, que l'on cessa de lui en parler. Il se retira plus tôt que les autres, et s'en alla chez lui avec impatience, pour voir s'il n'y avoit point laissé la lettre qui lui manquoit.

Comme il la cherchoit encore, un premier valet de chambre de la Reine le vint trouver, pour lui dire que l'on avoit dit chez la Reine qu'il étoit tombé une lettre de galanterie de sa poche pendant qu'il étoit au jeu de paume; que l'on avoit raconté une grande partie de ce qui étoit dans la lettre; que la Reine avoit témoigné beaucoup de curiosité de la voir; qu'elle l'avoit envoyé demander à un de ses gentilshommes servants; mais qu'il avoit répondu qu'il l'avoit laissée entre les mains de Chastelart.

Le Vidame sortit à l'heure même [2] pour aller chez un gentilhomme qui étoit ami intime de Chastelart. Il le fit lever, quoique l'heure fut extraordinaire, pour aller demander cette lettre, sans dire qui étoit celui qui la demandoit et qui l'avoit perdue. Chastelart, qui avoit l'esprit prévenu [3] qu'elle étoit à Monsieur de Nemours, et que ce prince étoit amoureux de Madame la Dauphine, ne douta point que ce ne fut lui qui la faisoit redemander. Il répondit, avec une maligne joie, qu'il avoit remis la lettre entre les mains de la Reine Dauphine. Le gentilhomme vint faire cette réponse au vidame de Chartres; elle augmenta l'inquiétude qu'il avoit déjà, et y en joignit encore de nouvelles. Après avoir été longtemps irrésolu sur ce qu'il devoit faire, il trouva qu'il n'y avoit que Monsieur de Nemours qui pût lui aider à sortir de l'embarras où il étoit.

Il s'en alla chez lui, et entra dans sa chambre que le jour ne commençoit qu'à paroître. Ce prince dormoit d'un51 sommeil tranquille; ce qu'il avoit vu le jour précédent de Madame de Clèves ne lui avoit donné que des idées agréables. Il fut bien surpris de se voir éveillé par le vidame de Chartres, et lui demanda si c'étoit pour se venger de ce qu'il lui avoit dit pendant le souper qu'il venoit troubler son repos. Le Vidame lui fit bien juger par son visage qu'il n'y avoit rien que de sérieux au sujet qui l'amenoit. "Je viens vous confier la plus importante affaire de ma vie, lui dit-il. J'ai laissé tomber cette lettre dont je parlois hier au soir; il m'est d'une conséquence extrême que personne ne sache qu'elle s'adresse à moi. Elle a été vue de beaucoup de gens qui étoient dans le jeu de paume, où elle tomba hier; vous y étiez aussi, et je vous demande en grâce de vouloir bien dire que c'est vous qui l'avez perdue. Je vous prie, continua le Vidame, écoutez-moi sérieusement. Par cette aventure, je déshonore une personne qui m'a passionnément aimé, et qui est une des plus estimables femmes du monde; et, d'un autre côté, je m'attire une haine implacable qui me coûtera ma fortune, et peut-être quelque chose de plus."

"Je ne puis entendre tout ce que vous me dites, répondit Monsieur de Nemours; mais vous me faites entrevoir que les bruits qui ont couru de l'intérêt qu'une grande princesse prenoit à vous ne sont pas entièrement faux."

"Ils ne le sont pas aussi, repartit le vidame de Chartres; et plût à Dieu qu'ils le fussent! Je ne me trouverois pas dans l'embarras où je me trouve. Mais il faut vous raconter tout ce qui s'est passé pour vous faire voir tout ce que j'ai à craindre.

"Depuis que je suis à la Cour, la Reine m'a toujours traité avec beaucoup de distinction et d'agrément, et j'avois eu lieu de croire qu'elle avoit de la bonté pour moi; néanmoins, il n'y avoit rien de particulier, et je n'avois jamais songé à avoir d'autres sentiments pour elle que ceux du52 respect. [1] J'étois même fort amoureux de Madame de Thémines [2]: il est aisé de juger, en la voyant, qu'on peut avoir beaucoup d'amour pour elle quand on en est aimé, et je l'étois. Il y a près de deux ans que, comme la Cour étoit à Fontainebleau, [3] je me trouvai deux ou trois fois en conversation avec la Reine à des heures où il y avoit très peu de monde. Il me parut que mon esprit lui plaisoit, et qu'elle entroit dans tout ce que je disois. Un soir que le Roi et toutes les dames s'étoient allés promener à cheval dans la forêt, où elle n'avoit pas voulu aller, parce qu'elle s'étoit trouvée un peu mal, je demeurai auprès d'elle. Elle descendit au bord de l'étang, et quitta la main de ses écuyers pour marcher avec plus de liberté. Après qu'elle eut fait quelques tours, elle s'approcha de moi, et m'ordonna de la suivre. 'Je veux vous parler, me dit-elle, et vous verrez, par ce que je veux vous dire, que je suis de vos amies.' Elle s'arrêta à ces paroles, et, me regardant fixement: 'Vous êtes amoureux, continua-t-elle, et, parce que vous ne vous fiez peut-être à personne, vous croyez que votre amour n'est pas su; mais il est connu, et même des personnes intéressées. On vous observe; on sait les lieux où vous voyez votre maîtresse; on a dessein de vous y surprendre. Je ne sais qui elle est; je ne vous le demande point, et je veux seulement vous garantir des malheurs où vous pouvez tomber.' Voyez, je vous prie, quel piége me tendoit la Reine, et combien il étoit difficile de n'y pas tomber. Elle vouloit savoir si j'étois amoureux, et, en ne me demandant point de qui je l'étois, et en ne me laissant voir que la seule intention de me faire plaisir, elle m'ôtoit la pensée qu'elle me parlât par curiosité ou par dessein.

"Ainsi, je pris le parti de ne rien avouer à la Reine, et de l'assurer, au contraire, qu'il y avoit très-longtemps que j'avois abandonné le désir de me faire aimer des femmes dont je pouvois espérer de l'être, parce que je les trouvois quasi53 toutes indignes d'attacher un honnête homme, et qu'il n'y avoit que quelque chose fort au-dessus d'elles qui pût m'engager. 'Vous ne me répondez pas sincèrement, répliqua la Reine; je sais le contraire de ce que vous me dites. La manière dont je vous parle vous doit obliger à ne me rien cacher. Je veux que vous soyez de mes amis, continua-t-elle; mais je ne veux pas, en vous donnant cette place, ignorer quels sont vos attachements. Voyez si vous la voulez acheter au prix de me les apprendre: je vous donne deux jours pour y penser; mais, après ce temps-là, songez bien à ce que vous me direz, et souvenez-vous que si, dans la suite, je trouve que vous m'ayez trompée, je ne vous le pardonnerai de ma vie.'

"Au bout des deux jours que la Reine m'avoit donnés, comme j'entrois dans la chambre où toutes les dames étoient au cercle, elle me dit tout haut, avec un air grave qui me surprit: 'Avez-vous pensé à cette affaire dont je vous ai chargé, et en savez-vous la vérité?'—'Oui, Madame, lui répondis-je, et elle est comme je l'ai dite à Votre Majesté.'—'Venez ce soir, à l'heure que je dois écrire, répliqua-t-elle, et j'achèverai de vous donner mes ordres.'

"Je fis une profonde révérence, sans rien répondre, et ne manquai pas de me trouver à l'heure qu'elle m'avoit marquée. Je la trouvai dans la galerie où étoit son secrétaire et quelqu'unes de ses femmes. Sitôt qu'elle me vit, elle vint à moi et me mena à l'autre bout de la galerie. 'Hé bien! me dit-elle, est-ce après y avoir bien pensé que vous n'avez rien à me dire, et la manière dont j'en use avec vous ne mérite-t-elle pas que vous me parliez sincèrement?'—'C'est parce que je vous parle sincèrement, Madame, lui répondis-je, que je n'ai rien à vous dire; et je jure à Votre Majesté, avec tout le respect que je lui dois, que je n'ai d'attachement pour aucune femme de la Cour.'—'Je le veux croire, répartit la Reine, parce que je le souhaite; et je le souhaite parce que54 je désire que vous soyez entièrement attaché à moi. Je vous choisis pour vous confier tous mes chagrins et pour m'aider à les adoucir. Vous pouvez juger qu'ils ne sont pas médiocres. Je souffre en apparence sans beaucoup de peine l'attachement du Roi pour la duchesse de Valentinois; mais il m'est insupportable. Elle gouverne le Roi; elle le trompe; elle me méprise; tous mes gens sont à elle. La Reine ma belle-fille, fière de sa beauté et du crédit de ses oncles, ne me rend aucun devoir. Le maréchal de Saint-André est un jeune favori audacieux qui n'en use pas mieux avec moi que les autres. Le détail de mes malheurs vous feroit pitié. Je n'ai osé jusqu'ici me fier à personne; je me fie à vous: faites que je ne m'en repente point, et soyez ma seule consolation.'

"Les yeux de la Reine rougirent en achevant ces paroles; je pensai me jeter à ses pieds, tant je fus véritablement touché de la bonté qu'elle me témoignoit. Depuis ce jour-là, elle eut en moi une entière confiance, elle ne fit plus rien sans m'en parler, et j'ai conservé une liaison qui dure encore.

"Cependant, Madame de Thémines me fit voir qu'elle ne m'aimoit plus, et j'en fus si persuadé, que je fus contraint de ne la pas tourmenter davantage et de la laisser en repos. Quelque temps après, elle m'écrivit cette lettre que j'ai perdue.

"Comme je n'avois plus rien alors qui me partageât, la Reine étoit assez contente de moi; mais comme les sentiments que j'ai pour elle ne sont pas d'une nature à me rendre incapable de tout autre attachement, et que l'on n'est pas amoureux par sa volonté, je le suis devenu de Madame de Martigues, [1] pour qui j'avois déjà eu beaucoup d'inclination pendant qu'elle étoit Villemontais, fille de la Reine Dauphine. J'ai lieu de croire que je n'en suis pas haï: la discrétion que je lui fais paroître, et dont elle ne sait pas toutes les raisons, lui est agréable. La Reine n'a aucun soupçon sur son sujet; mais elle en a un autre qui n'est guère moins55 fâcheux. Comme Madame de Martigues est toujours chez la Reine Dauphine, j'y vais aussi beaucoup plus souvent que de coutume. La Reine s'est imaginée que c'est de cette princesse que je suis amoureux. Le rang de la Reine Dauphine, qui est égal au sien, et la beauté et la jeunesse qu'elle a au-dessus d'elle lui donnent une jalousie qui va jusques à la fureur, et une haine contre sa belle-fille qu'elle ne sauroit plus cacher.

"Voilà l'état où sont les choses à l'heure que je vous parle. Jugez quel effet peut produire la lettre que j'ai perdue, et que mon malheur m'a fait mettre dans ma poche pour la rendre à Madame de Thémines. Si la Reine voit cette lettre, elle connoîtra que je l'ai trompée, et que, presque dans le temps que je la trompois pour Madame de Thémines, je trompois Madame de Thémines pour une autre: jugez quelle idée cela lui peut donner de moi, et si elle peut jamais se fier à mes paroles. Si elle ne voit point cette lettre, que lui dirai-je? Elle sait qu'on l'a remise entre les mains de Madame la Dauphine: elle croira que Chastelart a reconnu l'écriture de cette Reine, et que la lettre est d'elle; elle s'imaginera que la personne dont on témoigne de la jalousie est peut-être elle-même; enfin il n'y a rien qu'elle n'ait lieu de penser, et il n'y a rien que je ne doive craindre de ses pensées. Ajoutez à cela que je suis vivement touché de Madame de Martigues; qu'assurément Madame la Dauphine lui montrera cette lettre, qu'elle croira écrite depuis peu. Ainsi je serai également brouillé et avec la personne du monde que j'aime le plus, et avec la personne du monde que je dois le plus craindre. Voyez, après cela, si je n'ai pas raison de vous conjurer de dire que la lettre est à vous, et de vous demander en grâce de l'aller retirer des mains de Madame la Dauphine."

"La proposition que vous me faites est un peu extraordinaire, dit Monsieur de Nemours, et mon intérêt particulier56 m'y peut faire trouver des difficultés; mais, de plus, si l'on a vu tomber cette lettre de votre poche, il me paroît difficile de persuader qu'elle soit tombée de la mienne."

"Je croyois vous avoir appris, répondit le Vidame, que l'on a dit à la Reine Dauphine que c'étoit de la vôtre qu'elle étoit tombée."

"Comment, reprit brusquement Monsieur de Nemours, qui vit dans ce moment les mauvais offices que cette méprise lui pouvoit faire auprès de Madame de Clèves, l'on a dit à la Reine Dauphine que c'est moi qui ai laissé tomber cette lettre!"

"Oui, reprit le Vidame, on le lui a dit, et ce qui a fait cette méprise, c'est qu'il y avoit plusieurs gentilshommes des Reines dans une des chambres du jeu de paume où étoient nos habits, et que vos gens et les miens les ont été querir. En même temps la lettre est tombée; ces gentilshommes l'ont ramassée et l'ont lue tout haut. Les uns ont cru qu'elle étoit à vous et les autres à moi. Chastelart, qui l'a prise, et à qui je viens de la faire demander, a dit qu'il l'avoit donnée à la Reine Dauphine, comme une lettre qui étoit à vous; et ceux qui en ont parlé à la Reine ont dit par malheur qu'elle étoit à moi; ainsi vous pouvez faire aisément ce que je souhaite et m'ôter de l'embarras où je suis."

Monsieur de Nemours se mit à rêver profondément, et le Vidame se doutant à peu près du sujet de sa rêverie: "Je crois bien, lui dit-il, que vous craignez de vous brouiller avec votre maîtresse; et je veux bien vous donner les moyens de faire voir à celle que vous aimez que cette lettre s'adresse à moi et non pas à vous. Voilà un billet de Madame d'Amboise, qui est amie de Madame de Thémines, et à qui elle s'est fiée de tous les sentiments qu'elle a eus pour moi. Par ce billet elle me redemande cette lettre de son amie, que j'ai perdue. Mon nom est sur le billet, et ce qui est dedans prouve, sans aucun doute, que la lettre que l'on me57 redemande est la même que l'on a trouvée. Je vous remets ce billet entre les mains, et je consens que vous le montriez à votre maîtresse pour vous justifier. Je vous conjure de ne perdre pas un moment et d'aller dès ce matin chez Madame la Dauphine."

Monsieur de Nemours le promit au vidame de Chartres, et prit le billet de Madame d'Amboise; néanmoins, son dessein n'étoit pas de voir la Reine Dauphine, et il trouvoit qu'il avoit quelque chose de plus pressé à faire. Il ne doutoit pas qu'elle n'eût déjà parlé de la lettre à Madame de Clèves, et il ne pouvoit supporter qu'une personne qu'il aimoit si éperdument eût lieu de croire qu'il eût quelque attachement pour une autre.

Il alla chez elle à l'heure qu'il crut qu'elle pouvoit être éveillée, et lui fit dire qu'il ne demanderoit pas à avoir l'honneur de la voir à une heure si extraordinaire si une affaire de conséquence ne l'y obligeoit. Madame de Clèves étoit encore au lit, l'esprit aigri et agité de tristes pensées qu'elle avoit eues pendant la nuit. Elle fut extrêmement surprise lorsqu'on lui dit que Monsieur de Nemours la demandoit. L'aigreur où elle étoit ne la fit pas balancer à répondre qu'elle étoit malade et qu'elle ne pouvoit lui parler.

Ce prince ne fut pas blessé de ce refus; une marque de froideur, dans un temps où elle pouvoit avoir de la jalousie, n'étoit pas un mauvais augure. Il alla à l'appartement de Monsieur de Clèves, et lui dit qu'il venoit de celui de Madame sa femme; qu'il étoit bien fâché de ne la pas pouvoir entretenir, parce qu'il avoit à lui parler d'une affaire importante pour le vidame de Chartres. Il fit entendre en peu de mots à Monsieur de Clèves la conséquence de cette affaire, et Monsieur de Clèves le mena à l'heure même dans la chambre de sa femme. Si elle n'eût point été dans l'obscurité, elle eût eu peine à cacher son trouble et son58 étonnement de voir entrer Monsieur de Nemours conduit par son mari. Monsieur de Clèves lui dit qu'il s'agissoit d'une lettre où l'on avoit besoin de son secours pour les intérêts du Vidame; qu'elle verroit avec Monsieur de Nemours ce qu'il y avoit à faire; et que pour lui, il s'en alloit chez le Roi, qui venoit de l'envoyer querir.

Monsieur de Nemours demeura seul auprès de Madame de Clèves, comme il le pouvoit souhaiter. "Je viens vous demander, Madame, lui dit-il, si Madame la Dauphine ne vous a point parlé d'une lettre que Chastelart lui remit hier entre les mains."

"Elle m'en a dit quelque chose, répondit Madame de Clèves; mais je ne vois pas ce que cette lettre a de commun avec les intérêts de mon oncle, et je vous puis assurer qu'il n'y est pas nommé."

"Il est vrai, Madame, répliqua Monsieur de Nemours, il n'y est pas nommé; néanmoins, elle s'adresse à lui, et il lui est très-important que vous la retiriez des mains de Madame la Dauphine."

"J'ai peine à comprendre, reprit Madame de Clèves, pourquoi il lui importe que cette lettre ne soit pas vue, et pourquoi il faut la redemander sous son nom."

"Si vous voulez vous donner le loisir de m'écouter, Madame, dit Monsieur de Nemours, je vous ferai bientôt voir la vérité, et vous apprendrez des choses si importantes pour Monsieur le Vidame, que je ne les aurois pas même confiées à Monsieur le prince de Clèves si je n'avois eu besoin de son secours pour avoir l'honneur de vous voir."

"Je pense que tout ce que vous prendriez la peine de me dire seroit inutile, répondit Madame de Clèves avec un air assez sec, et il vaut mieux que vous alliez trouver la Reine Dauphine, et que, sans chercher de détours, [1] vous lui disiez l'intérêt que vous avez à cette lettre, puisque aussi bien on lui a dit qu'elle vient de vous."59

L'aigreur que Monsieur de Nemours voyoit dans l'esprit de Madame de Clèves lui donnoit le plus sensible plaisir qu'il eût jamais eu, et balançoit son impatience de se justifier. "Je ne sais, Madame, reprit-il, ce qu'on peut avoir dit à Madame la Dauphine; mais je n'ai aucun intérêt à cette lettre, et elle s'adresse à Monsieur le Vidame."

"Je le crois, répliqua Madame de Clèves; mais on a dit le contraire à la Reine Dauphine, et il ne lui paroîtra pas vraisemblable que les lettres de Monsieur le Vidame tombent de vos poches: c'est pourquoi, à moins que vous n'ayez quelque raison que je ne sais point à cacher la vérité à la Reine Dauphine, je vous conseille de la lui avouer."

"Je n'ai rien à lui avouer, reprit-il; la lettre ne s'adresse pas à moi, et, s'il y a quelqu'un que je souhaite d'en persuader, ce n'est pas Madame la Dauphine; mais, Madame, comme il s'agit en ceci de la fortune de Monsieur le Vidame, trouvez bon que je vous apprenne des choses qui sont même dignes de votre curiosité."

Madame de Clèves témoigna par son silence qu'elle étoit prête à l'écouter, et Monsieur de Nemours lui conta le plus succinctement qu'il lui fût possible tout ce qu'il venoit d'apprendre du Vidame. Quoique ce fussent des choses propres à donner de l'étonnement et à être écoutées avec attention, Madame de Clèves les entendit avec une froideur si grande, qu'il sembloit qu'elle ne les crût pas véritables ou qu'elles lui fussent indifférentes. Son esprit demeura dans cette situation jusqu'à ce que Monsieur de Nemours lui parla du billet de Madame d'Amboise, qui s'adressoit au Vidame de Chartres, et qui étoit la preuve de tout ce qu'il lui venoit de dire. Comme Madame de Clèves savoit que cette femme étoit amie de Madame de Thémines, elle trouva une apparence de vérité à ce que lui disoit Monsieur de Nemours, qui lui fit penser que la lettre ne s'adressoit peut-être pas à lui. Cette pensée la tira tout d'un coup et malgré elle de la60 froideur qu'elle avoit eue jusqu'alors. Ce prince, après lui avoir lu ce billet qui faisoit sa justification, le lui présenta pour le lire et lui dit qu'elle en pouvoit connoître l'écriture; elle ne put s'empêcher de le prendre, de regarder le dessus pour voir s'il s'adressoit au vidame de Chartres, et de le lire tout entier pour juger si la lettre que l'on redemandoit étoit la même qu'elle avoit entre les mains. Monsieur de Nemours lui dit encore tout ce qu'il crut propre à la persuader; et, comme on persuade aisément une vérité agréable, il convainquit Madame de Clèves qu'il n'avoit point de part à cette lettre.

Elle commença alors à raisonner avec lui sur l'embarras et le péril où étoit le Vidame, à le blâmer de sa méchante conduite, à chercher les moyens de le secourir. Elle s'étonna du procédé de la Reine; elle avoua à Monsieur de Nemours qu'elle avoit la lettre; enfin, sitôt qu'elle le crut innocent, elle entra avec un esprit ouvert et tranquille dans les mêmes choses qu'elle sembloit d'abord ne daigner pas entendre. Ils convinrent qu'il ne falloit point rendre la lettre à la Reine Dauphine, de peur qu'elle ne la montrât à Madame de Martigues, qui connoissoit l'écriture de Madame de Thémines, et qui auroit aisément deviné, par l'intérêt qu'elle prenoit au Vidame, qu'elle s'adressoit à lui. Ils trouvèrent aussi qu'il ne falloit pas confier à la Reine Dauphine tout ce qui regardoit la Reine, sa belle-mère. Madame de Clèves, sous le prétexte des affaires de son oncle, entroit avec plaisir à garder tous les secrets que Monsieur de Nemours lui confioit.

Ce prince ne lui eût pas toujours parlé des intérêts du Vidame, et la liberté où il se trouvoit de l'entretenir lui eût donné une hardiesse qu'il n'avoit encore osé prendre, si l'on ne fût venu dire à Madame de Clèves que la Reine Dauphine lui ordonnoit de l'aller trouver. Monsieur de Nemours fut contraint de se retirer. Il alla trouver le Vidame, pour lui61 dire qu'après l'avoir quitté il avoit pensé qu'il étoit plus à propos de s'adresser à Madame de Clèves, qui étoit sa nièce, que d'aller droit à Madame la Dauphine. Il ne manqua pas de raisons pour faire approuver ce qu'il avoit fait, et pour en faire espérer un bon succès.

Cependant Madame de Clèves s'habilla en diligence pour aller chez la Reine. [1] À peine parut-elle dans sa chambre, que cette princesse la fit approcher, et lui dit tout bas: "Il y a deux heures que je vous attends, et jamais je n'ai été si embarrassée à déguiser la vérité que je l'ai été ce matin. La Reine a entendu parler de la lettre que je vous donnai hier; elle croit que c'est le vidame de Chartres qui l'a laissée tomber; vous savez qu'elle y prend quelque intérêt.

Elle a fait chercher cette lettre; elle l'a fait demander à Chastelart; il a dit qu'il me l'avoit donnée: on me l'est venu demander, sur le prétexte que c'étoit une jolie lettre, qui donnoit de la curiosité à la Reine. Je n'ai osé dire que vous l'aviez; j'ai cru qu'elle s'imagineroit que je vous l'avois mise entre les mains à cause du Vidame votre oncle, et qu'il y auroit une grande intelligence entre lui et moi. Il m'a déjà paru qu'elle souffroit avec peine qu'il me vît souvent; de sorte que j'ai dit que la lettre étoit dans les habits que j'avois hier, et que ceux qui en avoient la clef étoient sortis. Donnez-moi promptement cette lettre, ajouta-t-elle, afin que je la lui envoie, et que je la lise avant que de l'envoyer, pour voir si je n'en connoîtrai point l'écriture."

Madame de Clèves se trouva encore plus embarrassée qu'elle n'avoit pensé. "Je ne sais, Madame, comment vous ferez, répondit-elle, car Monsieur de Clèves, à qui je l'avois donnée à lire, l'a rendue à Monsieur de Nemours, qui est venu, dès ce matin, le prier de vous la redemander. Monsieur de Clèves a eu l'imprudence de lui dire qu'il l'avoit, et il a eu la foiblesse de céder aux prières que Monsieur de Nemours lui a faites de la lui rendre."62

"Vous me mettez dans le plus grand embarras où je puisse jamais être, repartit Madame la Dauphine, et vous avez tort d'avoir rendu cette lettre à Monsieur de Nemours: puisque c'étoit moi qui vous l'avois donnée, vous ne deviez point la rendre sans ma permission. Que voulez-vous que je dise à la Reine, et que pourra-t-elle s'imaginer? Elle croira, et avec apparence, que cette lettre me regarde, et qu'il y a quelque chose entre le Vidame et moi. Jamais on ne lui persuadera que cette lettre soit à Monsieur de de Nemours."

"Je suis très-affligée, répondit Madame de Clèves, de l'embarras que je vous cause: je le crois aussi grand qu'il est; mais c'est la faute de Monsieur de Clèves, et non pas la mienne."

"C'est la vôtre, répliqua Madame la Dauphine, de lui avoir donné la lettre; et il n'y a que vous de femme au monde [1] qui fasse confidence à son mari de toutes les choses qu'elle sait."

"Je crois que j'ai tort, Madame, répliqua Madame de Clèves; mais songez à réparer ma faute, et non pas à l'examiner."

"Ne vous souvenez-vous point à peu près de ce qui est dans cette lettre?" dit alors la Reine Dauphine.

"Oui, Madame, répondit-elle, je m'en souviens, et l'ai relue plus d'une fois."

"Si cela est, reprit Madame la Dauphine, il faut que vous alliez tout à l'heure la faire écrire d'une main inconnue; je l'enverrai à la Reine: elle ne la montrera pas à ceux qui l'ont vue; quand elle le feroit, je soutiendrai toujours que c'est celle que Chastelart m'a donnée, et il n'oseroit dire le contraire."

Madame de Clèves entra dans cet expédient, et d'autant plus qu'elle pensa qu'elle enverroit querir Monsieur de Nemours pour ravoir la lettre même, afin de la faire copier63 mot à mot, et d'en faire à peu près imiter l'écriture, et elle crut que la Reine y seroit infailliblement trompée. Sitôt qu'elle fut chez elle, elle conta à son mari l'embarras de Madame la Dauphine, et le pria d'envoyer chercher Monsieur de Nemours. On le chercha; il vint en diligence. Madame de Clèves lui dit tout ce qu'elle avoit déjà appris à son mari, et lui demanda la lettre; mais Monsieur de Nemours répondit qu'il l'avoit déjà rendue au vidame de Chartres, qui avoit eu tant de joie de la ravoir et de se trouver hors du péril qu'il avoit couru, qu'il l'avoit renvoyée à l'heure même à l'amie de Madame de Thémines. Madame de Clèves se retrouva dans un nouvel embarras; et enfin, après avoir bien consulté, ils résolurent de faire la lettre de mémoire. Ils s'enfermèrent pour y travailler: on donna ordre à la porte de ne laisser entrer personne, et on renvoya tous les gens de Monsieur de Nemours. Cet air de mystère et de confidence n'étoit pas d'un médiocre charme pour ce prince, et même pour Madame de Clèves. La présence de son mari et les intérêts du vidame de Chartres la rassuroient en quelque sorte sur ses scrupules: elle ne sentoit que le plaisir de voir Monsieur de Nemours; elle en avoit une joie pure et sans mélange qu'elle n'avoit jamais sentie; cette joie lui donnoit une liberté et un enjouement dans l'esprit que Monsieur de Nemours ne lui avoit jamais vus, et qui redoubloient son amour. Comme il n'avoit point eu encore de si agréables moments, sa vivacité en étoit augmentée; et, quand Madame de Clèves voulut commencer à se souvenir de la lettre et à l'écrire, ce prince, au lieu de lui aider sérieusement, ne faisoit que l'interrompre et lui dire des choses plaisantes. [1] Madame de Clèves entra dans le même esprit de gaieté; de sorte qu'il y avoit déjà longtemps qu'ils étoient enfermés, et on étoit déjà venu deux fois de la part de la Reine Dauphine pour dire à Madame de Clèves de se dépêcher, qu'ils n'avoient pas encore fait la moitié de la lettre.64

Monsieur de Nemours étoit bien aise de faire durer un temps qui lui étoit si agréable, et oublioit les intérêts de son ami. Madame de Clèves ne s'ennuyoit pas, et oublioit aussi les intérêts de son oncle. Enfin, à peine à quatre heures la lettre étoit-elle achevée; et elle étoit si mal, et l'écriture dont on la fit copier ressembloit si peu à celle que l'on avoit eu dessein d'imiter, qu'il eût fallu que la Reine n'eût guère pris de soin d'éclaircir la vérité pour ne la pas connoître: aussi n'y fut-elle pas trompée. Quelque soin que l'on prît de lui persuader que cette lettre s'adressoit à Monsieur de Nemours, elle demeura convaincue, non seulement qu'elle étoit au vidame de Chartres, mais elle crut que la Reine Dauphine y avoit pris part, et qu'il y avoit quelque intelligence entre eux. Cette pensée augmenta tellement la haine qu'elle avoit pour cette princesse, qu'elle ne lui pardonna jamais, et qu'elle la persécuta jusqu'à ce qu'elle l'eût fait sortir de France. [1]

Pour le vidame de Chartres, il fut ruiné auprès d'elle; leur liaison se rompit, et elle le perdit ensuite à la conjuration d'Amboise, [2] où il se trouva embarrassé.

Après qu'on eut envoyé la lettre à Madame la Dauphine, Monsieur de Clèves et Monsieur de Nemours s'en allèrent. Madame de Clèves demeura seule, et, sitôt qu'elle ne fut plus soutenue par cette joie que donne la présence de ce que l'on aime, elle revint comme d'un songe; elle regarda avec étonnement la prodigieuse différence de l'état où elle étoit le soir d'avec celui où elle se trouvoit alors; elle se remit devant les yeux l'aigreur et la froideur qu'elle avoit fait paroître à Monsieur de Nemours tant qu'elle avoit cru que la lettre de Madame de Thémines s'adressoit à lui; quel calme et quelle douceur avoit succédé à cette aigreur sitôt qu'il l'avoit persuadée que cette lettre ne le regardoit pas. Quand elle pensoit qu'elle s'étoit reproché comme un crime, le jour précédent, de lui avoir donné des marques de sensibilité65 que la seule compassion pouvoit avoir fait naître, et que, par son aigreur, elle lui avoit fait paroître des sentiments de jalousie qui étoient des preuves certaines de passion, elle ne se reconnoissoit plus elle-même. Quand elle pensoit encore que Monsieur de Nemours voyoit bien qu'elle connoissoit son amour; qu'il voyoit bien que, malgré cette connoissance, elle ne le traitoit pas plus mal en présence même de son mari; qu'au contraire, elle ne l'avoit jamais regardé si favorablement; qu'elle étoit cause que Monsieur de Clèves l'avoit envoyé querir, et qu'ils venoient de passer une après-dînée ensemble en particulier, elle trouvoit qu'elle étoit d'intelligence avec Monsieur de Nemours [1]; qu'elle trompoit le mari du monde qui méritoit le moins d'être trompé; et elle étoit honteuse de paroître si peu digne d'estime aux yeux même de son amant. Mais ce qu'elle pouvoit moins supporter que tout le reste étoit le souvenir de l'état où elle avoit passé la nuit, et les cuisantes douleurs que lui avoit causées la pensée que Monsieur de Nemours aimoit ailleurs, et qu'elle étoit trompée.

Et elle avoit ignoré jusqu'alors les inquiétudes mortelles de la défiance et de la jalousie; elle n'avoit pensé qu'à se défendre d'aimer Monsieur de Nemours, et elle n'avoit point encore commencé à craindre qu'il en aimât une autre. Quoique les soupçons que lui avoit donnés cette lettre fussent effacés, ils ne laissèrent pas de lui ouvrir les yeux sur le hasard d'être trompée, et de lui donner des impressions de défiance et de jalousie qu'elle n'avoit jamais eues. Elle fut étonnée de n'avoir point encore pensé combien il étoit peu vraisemblable qu'un homme comme Monsieur de Nemours, qui avoit toujours fait paroître tant de légèreté parmi les femmes, fût capable d'un attachement sincère et durable. Elle trouva qu'il étoit presque impossible qu'elle pût être contente de sa passion. "Mais, quand je le pourrois être, disoit-elle, qu'en veux-je faire? Veux-je la souffrir?66 Veux-je y répondre? Veux-je m'engager dans une galanterie? Veux-je manquer à Monsieur de Clèves? Veux-je me manquer à moi-même? Et veux-je enfin m'exposer aux cruels repentirs et aux mortelles douleurs que donne l'amour? Je suis vaincue et surmontée par une inclination qui m'entraîne malgré moi; toutes mes résolutions sont inutiles: je pensai hier tout ce que je pense aujourd'hui, et je fais aujourd'hui tout le contraire de ce que je résolus hier. Il faut m'arracher de la présence de Monsieur de Nemours; il faut m'en aller à la campagne, quelque bizarre que puisse paroître mon voyage; et, si Monsieur de Clèves s'opiniâtre à l'empêcher ou à vouloir en savoir les raisons, peut-être lui ferois-je le mal, et à moi-même aussi, de les lui apprendre." Elle demeura dans cette résolution, et passa tout le soir chez elle, sans aller savoir de Madame la Dauphine ce qui étoit arrivé de la fausse lettre du Vidame.

Quand Monsieur de Clèves fut revenu, elle lui dit qu'elle vouloit aller à la campagne, qu'elle se trouvoit mal, et qu'elle avoit besoin de prendre l'air. Monsieur de Clèves, à qui elle paroissoit d'une beauté qui ne lui persuadoit pas que ses maux fussent considérables, se moqua d'abord de la proposition de ce voyage, et lui répondit qu'elle oublioit que les noces des princesses et le tournoi s'alloient faire, et qu'elle n'avoit pas trop de temps pour se préparer à y paroître avec la même magnificence que les autres femmes. Les raisons de son mari ne la firent pas changer de dessein; elle le pria de trouver bon que, pendant qu'il iroit à Compiègne [1] avec le Roi, elle allât à Colomiers, qui étoit une belle maison à une journée [2] de Paris, qu'ils faisoient bâtir avec soin. Monsieur de Clèves y consentit. Elle y alla dans le dessein de n'en pas revenir sitôt, et le Roi partit pour Compiègne, où il ne devoit être que peu de jours.

Monsieur de Nemours avoit eu bien de la douleur de n'avoir point revu Madame de Clèves depuis cette après-dînée67 qu'il avoit passée avec elle si agréablement, et qui avoit augmenté ses espérances. Il avoit une impatience de la revoir qui ne lui donnoit point de repos, de sorte que, quand le Roi revint à Paris, il résolut d'aller chez sa sœur, la duchesse de Mercœur, [1] qui étoit à la campagne, assez près de Colomiers. Il proposa au Vidame d'y aller avec lui, qui accepta aisément cette proposition, et Monsieur de Nemours la fit dans l'espérance de voir Madame de Clèves, et d'aller chez elle avec le Vidame.

Madame de Mercœur les reçut avec beaucoup de joie, et ne pensa qu'à les divertir et à leur donner tous les plaisirs de la campagne. Comme ils étoient à la chasse à courir le cerf, Monsieur de Nemours s'égara dans la forêt. En s'enquérant du chemin qu'il devoit tenir pour s'en retourner, il sut qu'il étoit proche de Colomiers. À ce mot de Colomiers, sans faire aucune réflexion, et sans savoir quel étoit son dessein, il alla à toute bride [2] du côté qu'on le lui montroit. Il arriva dans la forêt, et se laissa conduire au hasard par des routes faites avec soin, qu'il jugea bien qui conduisoient vers le château. Il trouva, au bout de ces routes, un pavillon dont le dessous étoit un grand salon accompagné de deux cabinets, dont l'un étoit ouvert sur un jardin de fleurs qui n'étoit séparé de la forêt que par des palissades, et le second donnoit sur une grande allée du parc. Il entra dans le pavillon, et il se seroit arrêté à en regarder la beauté, sans qu'il vît venir par cette allée du parc Monsieur et Madame de Clèves, accompagnés d'un grand nombre de domestiques. Comme il ne s'étoit pas attendu à trouver Monsieur de Clèves, qu'il avoit laissé auprès du Roi, son premier mouvement le porta à se cacher: il entra dans le cabinet qui donnoit sur le jardin de fleurs, dans la pensée d'en ressortir par une porte qui étoit ouverte sur la forêt; mais voyant que Madame de Clèves et son mari s'étoient assis sous le pavillon, que leurs domestiques demeuroient68 dans le parc, et qu'ils ne pouvoient venir à lui sans passer dans le lieu où étoient Monsieur et Madame de Clèves, il ne put se refuser le plaisir de voir cette princesse, ni résister à la curiosité d'écouter sa conversation avec un mari qui lui donnoit plus de jalousie qu'aucun de ses rivaux.

Il entendit que Monsieur de Clèves disoit à sa femme: "Mais pourquoi ne voulez-vous point revenir à Paris? Qui vous peut retenir à la campagne? Vous avez depuis quelque temps un goût pour la solitude qui m'étonne, et qui m'afflige parce qu'il nous sépare. Je vous trouve même plus triste que de coutume, et je crains que vous n'ayez quelque sujet d'affliction."

"Je n'ai rien de fâcheux dans l'esprit, répondit-elle avec un air embarrassé; mais le tumulte de la Cour est si grand, et il y a toujours un si grand monde chez vous, qu'il est impossible que le corps et l'esprit ne se lassent, et que l'on ne cherche du repos."

"Le repos, répliqua-t-il, n'est guère propre pour une personne de votre âge. Vous êtes, chez vous et dans la Cour, d'une sorte à ne vous pas donner de lassitude, et je craindrois plutôt que vous ne fussiez bien aise d'être séparée de moi."

"Vous me feriez une grande injustice d'avoir cette pensée, reprit-elle avec un embarras qui augmentoit toujours; mais je vous supplie de me laisser ici. Si vous pouviez y demeurer j'en aurois beaucoup de joie, pourvu que vous y demeurassiez seul, et que vous voulussiez bien n'y avoir point ce nombre infini de gens qui ne vous quittent quasi jamais."

"Ah! Madame, s'écria Monsieur de Clèves, votre air et vos paroles me font voir que vous avez des raisons pour souhaiter d'être seule, que je ne sais point, et je vous conjure de me les dire."

Il la pressa longtemps de les lui apprendre, sans pouvoir l'y obliger; et, après qu'elle se fut défendue d'une manière69 qui augmentoit encore la curiosité de son mari, elle demeura dans un profond silence, les yeux baissés; puis, tout d'un coup prenant la parole et le regardant: "Ne me contraignez point, lui dit-elle, à vous avouer une chose que je n'ai pas la force de vous avouer, quoique j'en aie eu plusieurs fois le dessein. Songez seulement que la prudence ne veut pas qu'une femme de mon âge, et maîtresse de sa conduite, demeure exposée au milieu de la Cour."

"Que me faites-vous envisager, Madame! s'écria Monsieur de Clèves; je n'oserois vous le dire de peur de vous offenser."

Madame de Clèves ne répondit point; et son silence achevant de confirmer son mari dans ce qu'il avoit pensé: "Vous ne me dites rien, reprit-il, et c'est me dire que je ne me trompe pas."

"Hé bien! Monsieur, lui répondit-elle en se jetant à ses genoux, je vais vous faire un aveu que l'on n'a jamais fait à son mari; mais l'innocence de ma conduite et de mes intentions m'en donne la force. Il est vrai que j'ai des raisons de m'éloigner de la Cour, et que je veux éviter les périls où se trouvent quelquefois les personnes de mon âge. Je n'ai jamais donné nulle marque de foiblesse, et je ne craindrois pas d'en laisser paroître, si vous me laissiez la liberté de me retirer de la Cour, ou si j'avois encore Madame de Chartres pour aider à me conduire. Quelque dangereux que soit le parti que je prends, je le prends avec joie pour me conserver digne d'être à vous. Je vous demande mille pardons si j'ai des sentiments qui vous déplaisent; du moins je ne vous déplairai jamais par mes actions. Songez que, pour faire ce que je fais, il faut avoir plus d'amitié et plus d'estime pour un mari que l'on n'en a jamais eu. Conduisez-moi, ayez pitié de moi, et aimez-moi encore si vous pouvez."

Monsieur de Clèves étoit demeuré, pendant tout ce discours, la tête appuyée sur ses mains, hors de lui-même, et il70 n'avoit pas songé à faire relever sa femme. Quand elle eut cessé de parler, qu'il jeta les yeux sur elle, qu'il la vit à ses genoux, le visage couvert de larmes, et d'une beauté si admirable, il pensa mourir de douleur, et l'embrassant en la relevant: "Ayez pitié de moi vous-même, Madame, lui dit-il; j'en suis digne, et pardonnez si, dans les premiers moments d'une affliction aussi violente qu'est la mienne, je ne réponds pas comme je dois à un procédé comme le vôtre. Vous me paroissez plus digne d'estime et d'admiration que tout ce qu'il y a jamais eu de femmes au monde [1]; mais aussi je me trouve le plus malheureux homme qui ait jamais été. Vous m'avez donné de la passion dès le premier moment que je vous ai vue; vos rigueurs et votre possession n'ont pu l'éteindre; elle dure encore: je n'ai jamais pu vous donner de l'amour, et je vois que vous craignez d'en avoir pour un autre. Et qui est-il, Madame, cet homme heureux qui vous donne cette crainte? Depuis quand vous plaît-il? Qu'a-t-il fait pour vous plaire? Quel chemin a-t-il trouvé pour aller à votre cœur? Je m'étois consolé en quelque sorte de ne l'avoir pas touché, par la pensée qu'il étoit incapable de l'être; cependant un autre a fait ce que je n'ai pu faire; j'ai tout ensemble la jalousie d'un mari et celle d'un amant: mais il est impossible d'avoir celle d'un mari après un procédé comme le vôtre. Il est trop noble pour ne me pas donner une sûreté entière; il me console même comme votre amant. La confiance et la sincérité que vous avez pour moi sont d'un prix infini; vous m'estimez assez pour croire que je n'abuserai pas de cet aveu. Vous avez raison, Madame, je n'en abuserai pas, et je ne vous en aimerai pas moins. Vous me rendez malheureux par la plus grande marque de fidélité que jamais une femme ait donnée à son mari; mais, Madame, achevez et apprenez-moi qui est celui que vous voulez éviter."

"Je vous supplie de ne me le point demander, répondit-elle;71 je suis résolue de ne vous le pas dire, et je crois que la prudence ne veut pas que je vous le nomme."

"Ne craignez point, Madame, reprit Monsieur de Clèves; je connois trop le monde pour ignorer que la considération d'un mari n'empêche pas que l'on ne soit amoureux de sa femme. On doit haïr ceux qui le sont, et non pas s'en plaindre; et, encore une fois, Madame, je vous conjure de m'apprendre ce que j'ai envie de savoir."

72

"Vous m'en presseriez inutilement, répliqua-t-elle; j'ai de la force pour taire ce que je crois ne pas devoir dire. L'aveu que je vous ai fait n'a pas été par foiblesse; et il faut plus de courage pour avouer cette vérité que pour entreprendre de la cacher."

Monsieur de Nemours ne perdoit pas une parole de cette conversation; et ce que venoit de dire Madame de Clèves ne lui donnoit guère moins de jalousie qu'à son mari. Il étoit si éperdument amoureux d'elle, qu'il croyoit que tout le monde avoit les mêmes sentiments. Il étoit véritable aussi qu'il avoit plusieurs rivaux; mais il s'en imaginoit encore davantage, et son esprit s'égaroit à chercher celui dont Madame de Clèves vouloit parler. Il avoit cru bien des fois qu'il ne lui étoit pas désagréable, et il avoit fait ce jugement sur des choses qui lui parurent si légères dans ce moment, qu'il ne put s'imaginer qu'il eût donné une passion qui devoit être bien violente pour avoir recours à un remède si extraordinaire. Il étoit si transporté qu'il ne savoit quasi ce qu'il voyoit, et il ne pouvoit pardonner à Monsieur de Clèves de ne pas assez presser sa femme de lui dire ce nom qu'elle lui cachoit.

Monsieur de Clèves faisoit néanmoins tous ses efforts pour le savoir; et, après qu'il l'en eut pressée inutilement: "Il me semble, répondit-elle, que vous devez être content de ma sincérité; ne m'en demandez pas davantage, et ne me donnez point lieu de me repentir de ce que je viens de72 faire; contentez-vous de l'assurance que je vous donne encore qu'aucune de mes actions n'a fait paroître mes sentiments, et que l'on ne m'a jamais rien dit dont j'aie pu m'offenser."

"Ah! Madame, reprit tout d'un coup Monsieur de Clèves, je ne vous saurois croire. [1] Je me souviens de l'embarras où vous fûtes le jour que votre portrait se perdit. Vous avez donné, Madame, vous avez donné ce portrait qui m'étoit si cher, et qui m'appartenoit si légitimement. Vous n'avez pu cacher vos sentiments; vous aimez, on le sait; votre vertu vous a jusqu'ici garantie du reste."

"Est-il possible, s'écria cette princesse, que vous puissiez penser qu'il y ait quelque déguisement dans un aveu comme le mien, qu'aucune raison ne m'obligeoit à vous faire? Fiez-vous à mes paroles: c'est par un assez grand prix que j'achète la confiance que je vous demande. Croyez, je vous en conjure, que je n'ai point donné mon portrait; il est vrai que je le vis prendre; mais je ne voulus pas faire paroître que je le voyois, de peur de m'exposer à me faire dire des choses que l'on ne m'a encore osé dire."

"Par où vous a-t-on donc fait voir qu'on vous aimoit, reprit Monsieur de Clèves, et quelles marques de passion vous a-t-on données?"

"Épargnez-moi la peine, répliqua-t-elle, de vous redire des détails qui me font honte à moi-même de les avoir remarqués, et qui ne m'ont que trop persuadée de ma foiblesse."

"Vous avez raison, Madame, reprit-il; je suis injuste: refusez-moi toutes les fois que je vous demanderai de pareilles choses; mais ne vous offensez pas pourtant si je vous les demande."

Dans ce moment, plusieurs de leurs gens, qui étoient demeurés dans les allées, vinrent avertir Monsieur de Clèves qu'un gentilhomme venoit le chercher de la part du Roi,73 pour lui ordonner de se trouver le soir à Paris. Monsieur de Clèves fut contraint de s'en aller, et il ne put rien dire à sa femme, sinon qu'il la supplioit de venir le lendemain, et qu'il la conjuroit de croire que, quoiqu'il fût affligé, il avoit pour elle une tendresse et une estime dont elle devoit être satisfaite.

Lorsque ce prince fut parti, que Madame de Clèves demeura seule, qu'elle regardoit ce qu'elle venoit de faire, elle en fut si épouvantée, qu'à peine put-elle s'imaginer que ce fût une vérité. Elle trouva qu'elle s'étoit ôté elle-même le cœur et l'estime de son mari, et qu'elle s'étoit creusé un abîme dont elle ne sortiroit jamais. Elle se demandoit pourquoi elle avoit fait une chose si hasardeuse, et elle trouvoit qu'elle s'y étoit engagée sans en avoir presque eu le dessein. La singularité d'un pareil aveu, dont elle ne trouvoit point d'exemple, lui en faisoit voir tout le péril.

Mais quand elle venoit à penser que ce remède, quelque violent qu'il fût, étoit le seul qui la pouvoit défendre contre Monsieur de Nemours, elle trouvoit qu'elle ne devoit point se repentir, et qu'elle n'avoit point trop hasardé. Elle passa toute la nuit pleine d'incertitude, de trouble et de crainte; mais enfin le calme revint dans son esprit; elle trouva même de la douceur à avoir donné ce témoignage de fidélité à un mari qui le méritoit si bien, qui avoit tant d'estime et tant d'amitié pour elle, et qui venoit de lui en donner encore des marques par la manière dont il avoit reçu ce qu'elle lui avoit avoué.

Cependant Monsieur de Nemours étoit sorti du lieu où il avoit entendu une conversation qui le touchoit si sensiblement, et s'étoit enfoncé dans la forêt. Ce qu'avoit dit Madame de Clèves de son portrait lui avoit redonné la vie, en lui faisant connoître que c'étoit lui qu'elle ne haïssoit pas. Il s'abandonna d'abord à cette joie; mais elle ne fut pas longue, quand il fit cette réflexion que la même chose qui74 lui venoit d'apprendre qu'il avoit touché le cœur de Madame de Clèves, le devoit persuader aussi qu'il n'en recevroit jamais nulle marque, et qu'il étoit impossible d'engager une personne qui avoit recours à un remède si extraordinaire. Il sentit pourtant un plaisir sensible de l'avoir réduite à cette extrémité. Il trouva de la gloire à s'être fait aimer d'une femme si différente de toutes celles de son sexe; enfin, il se trouva cent fois heureux et malheureux tout en-semble. La nuit le surprit dans la forêt, et il eut beaucoup de peine à retrouver le chemin de chez Madame de Mercœur. Il y arriva à la pointe du jour. Il fut assez embarrassé de rendre compte de ce qui l'avoit retenu; il s'en démêla le mieux qu'il lui fut possible, et revint ce jour même à Paris avec le Vidame.

Ce prince étoit si rempli de sa passion, et si surpris de ce qu'il avoit entendu, qu'il tomba dans une imprudence assez ordinaire, qui est de parler en termes généraux de ses sentiments particuliers, et de conter ses propres aventures sous des noms empruntés. En revenant, il tourna la conversation sur l'amour; il exagéra le plaisir d'être amoureux d'une personne digne d'être aimée; il parla des effets bizarres de cette passion; et enfin, ne pouvant renfermer en lui-même l'étonnement que lui donnoit l'action de Madame de Clèves, il la conta au Vidame, sans lui nommer la personne, et sans lui dire qu'il y eût aucune part; mais il la conta avec tant de chaleur et avec tant d'admiration, que le Vidame soupçonna aisément que cette histoire regardoit ce prince.

Cependant Monsieur de Clèves étoit allé trouver le Roi, le cœur pénétré d'une douleur mortelle. Il arriva au Louvre, et le Roi le mena dans son cabinet pour lui dire qu'il l'avoit choisi pour con-duire Madame en Espagne; qu'il avoit cru que personne ne s'acquit-teroit mieux que lui de cette commission, et que personne aussi ne feroit tant d'honneur à la75 France que Madame de Clèves. Monsieur de Clèves reçut l'honneur de ce choix comme il le devoit, et le regarda même comme une chose qui éloigneroit sa femme de la Cour, sans qu'il parût de changement dans sa conduite: néanmoins, le temps de ce départ étoit encore trop éloigné pour être un remède à l'embarras où il se trouvoit. Il écrivit à l'heure même à Madame de Clèves pour lui apprendre ce que le Roi venoit de lui dire, et il lui manda encore qu'il vouloit absolument qu'elle revînt à Paris. Elle y revint comme il l'ordonnoit, et, lorsqu'ils se virent, ils se trouvèrent tous deux dans une tristesse extraordinaire.

Monsieur de Clèves lui parla comme le plus honnête homme du monde, et le plus digne de ce qu'elle avoit fait. "Je n'ai nulle inquiétude de votre conduite, lui dit-il; vous avez plus de force et plus de vertu que vous ne pensez; ce n'est point aussi la crainte de l'avenir qui m'afflige: je ne suis affligé que de vous voir pour un autre des sentiments que je n'ai pu vous donner."

"Je ne sais que vous répondre, lui dit-elle; je meurs de honte en vous en parlant: épargnez-moi, je vous en conjure, de si cruelles conversations; réglez ma conduite, faites que je ne voie personne; c'est tout ce que je vous demande; mais trouvez bon que je ne vous parle plus d'une chose qui me fait paroître si peu digne de vous, et que je trouve si indigne de moi."

"Vous avez raison, Madame, répliqua-t-il: j'abuse de votre douceur et de votre confiance; mais aussi ayez quelque compassion de l'état où vous m'avez mis, et songez que, quoi que vous m'ayez dit, vous me cachez un nom qui me donne une curiosité avec laquelle je ne saurois vivre. Je ne vous demande pourtant pas de la satisfaire; mais je ne puis m'empêcher de vous dire que je crois que celui que je dois envier est le maréchal de Saint-André, le duc de Nemours, ou le chevalier de Guise."76

"Je ne vous répondrai rien, lui dit-elle en rougissant, et je ne vous donnerai aucun lieu par mes réponses de diminuer ni de fortifier vos soupçons; mais, si vous essayez de les éclaircir en m'observant, vous me donnerez un embarras qui paroîtra aux yeux de tout le monde. Au nom de Dieu, continua-t-elle, trouvez bon que, sur le prétexte de quelque maladie, je ne voie personne."

"Non, Madame, répliqua-t-il: on démêleroit bientôt que ce seroit une chose supposée; et, de plus, je ne me veux fier qu'à vous-même; c'est le chemin que mon cœur me conseille de prendre, et la raison me le conseille aussi: de l'humeur dont vous êtes, en vous laissant votre liberté, je vous donne des bornes plus étroites que je ne pourrois vous en prescrire."

Monsieur de Clèves ne se trompoit pas: la confiance qu'il témoignoit à sa femme la fortifioit davantage contre Monsieur de Nemours, et lui faisoit prendre des résolutions plus austères qu'aucune contrainte n'auroit pu faire. Elle alla donc au Louvre et chez la Reine Dauphine à son ordinaire; mais elle évitoit la présence et les yeux de Monsieur de Nemours avec tant de soin, qu'elle lui ôta quasi toute la joie qu'il avoit de se croire aimé d'elle. Il ne voyoit rien dans ses actions qui ne lui persuadât le contraire. Il ne savoit quasi si ce qu'il avoit entendu n'étoit pas un songe, tant il y trouvoit peu de vraisemblance. La seule chose qui l'assuroit qu'il ne s'étoit pas trompé étoit l'extrême tristesse de Madame de Clèves, quelque effort qu'elle fît pour la cacher. Peut-être que des regards et des paroles obligeantes n'eussent pas tant augmenté l'amour de Monsieur de Nemours que faisoit cette conduite austère.

Un soir que Monsieur et Madame de Clèves étoient chez la Reine, quelqu'un dit que le bruit couroit que le Roi nommeroit encore un grand seigneur de la Cour pour aller conduire Madame en Espagne. Monsieur de Clèves avoit les77 yeux sur sa femme dans le temps que l'on ajouta que ce seroit peut-être le chevalier de Guise ou le maréchal de Saint-André. Il remarqua qu'elle n'avoit point été émue de ces deux noms, ni de la proposition qu'ils fissent ce voyage avec elle. Cela lui fit croire que pas un des deux n'étoit celui dont elle craignoit la présence; et, voulant s'éclaircir de ses soupçons, il entra dans le cabinet de la Reine, où étoit le Roi. Après y avoir demeuré quelque temps, il revint auprès de sa femme, et lui dit tout bas qu'il venoit d'apprendre que ce seroit Monsieur de Nemours qui iroit avec eux en Espagne.

Le nom de Monsieur de Nemours, et la pensée d'être exposée à le voir tous les jours pendant un long voyage, en présence de son mari, donna un tel trouble à Madame de Clèves, qu'elle ne le put cacher, et, voulant y donner d'autres raisons: "C'est un choix bien désagréable pour vous, répondit-elle, que celui de ce prince: il partagera tous les honneurs, et il me semble que vous devriez essayer de faire choisir quelque autre."

"Ce n'est pas la gloire, Madame, reprit Monsieur de Clèves, qui vous fait appréhender que Monsieur de Nemours ne vienne avec moi. Le chagrin que vous en avez vient d'une autre cause. Ce chagrin m'apprend ce que j'aurois appris d'une autre femme par la joie qu'elle en auroit eue. Mais ne craignez point: ce que je viens de vous dire n'est pas véritable, et je l'ai inventé pour m'assurer d'une chose que je ne croyois déjà que trop." Il sortit après ces paroles, ne voulant pas augmenter, par sa présence, l'extrême embarras où il voyoit sa femme.

Monsieur de Nemours entra dans cet instant, et remarqua d'abord l'état où étoit Madame de Clèves. Il s'approcha d'elle, et lui dit tout bas qu'il n'osoit, par respect, lui demander ce qui la rendoit plus rêveuse que de coutume. La voix de Monsieur de Nemours la fit revenir, et, le regardant78 sans avoir entendu ce qu'il venoit de lui dire, pleine de ses propres pensées et de la crainte que son mari ne le vît auprès d'elle: "Au nom de Dieu, lui dit-elle, laissez-moi en repos."

"Hélas, madame, répondit-il, je ne vous y laisse que trop! De quoi pouvez-vous vous plaindre? Je n'ose vous parler; je n'ose même vous regarder; je ne vous approche qu'en tremblant. Par où me suis-je attiré ce que vous venez de me dire, et pourquoi me faites-vous paroître que j'ai quelque part au chagrin où je vous vois?"

Madame de Clèves fut bien fâchée d'avoir donné lieu à Monsieur de Nemours de s'expliquer plus clairement qu'il n'avoit fait en toute sa vie. Elle le quitta sans lui répondre, et s'en revint chez elle, l'esprit plus agité qu'elle ne l'avoit jamais eu. Son mari s'aperçut aisément de l'augmentation de son embarras; il vit qu'elle craignoit qu'il ne lui parlât de ce qui s'étoit passé. Il la suivit dans un cabinet où elle étoit entrée.

"Ne m'évitez point, Madame, lui dit-il; je ne vous dirai rien qui puisse vous déplaire. Je vous demande pardon de la surprise que je vous ai faite tantôt: j'en suis assez puni par ce que j'ai appris. Monsieur de Nemours étoit de tous les hommes celui que je craignois le plus. Je vois le péril où vous êtes; ayez du pouvoir sur vous, pour l'amour de vous-même, et, s'il est possible, pour l'amour de moi. Je ne vous le demande point comme un mari, mais comme un homme dont vous faites tout le bonheur, et qui a pour vous une passion plus tendre et plus violente que celui que votre cœur lui préfère."

Monsieur de Clèves s'attendrit en prononçant ces dernières paroles, et eut peine à les achever. Sa femme en fut pénétrée, et fondant en larmes, elle l'embrassa avec une tendresse et une douleur qui le mirent dans un état peu différent du sien. Ils demeurèrent quelque temps sans se rien dire, et se séparèrent sans avoir la force de se parler.79

Les préparatifs pour le mariage de Madame étoient achevés. Le duc d'Albe arriva pour l'épouser. Il fut reçu avec toute la magnificence et toutes les cérémonies qui se pouvoient faire dans une pareille occasion. Le Roi attendit lui-même le duc à la première porte du Louvre avec les deux cents gentilshommes servants, et le Connétable [1] à leur tête. Lorsque ce duc fut proche du Roi, il voulut lui embrasser les genoux; mais le Roi l'en empêcha, et le fit marcher à son côté jusque chez la Reine et chez Madame, à qui le duc d'Albe apporta un présent magnifique de la part de son maître. Il alla ensuite chez Madame Marguerite, sœur du Roi, lui faire les compliments de Monsieur de Savoie, et l'assurer qu'il arriveroit dans peu de jours. L'on fit de grandes assemblées au Louvre, pour faire voir au duc d'Albe et au prince d'Orange, [2] qui l'avoit accompagné, les beautés de la Cour.

Madame de Clèves n'osa se dispenser de s'y trouver, quelque envie qu'elle en eût, par la crainte de déplaire à son mari, qui lui commanda absolument d'y aller. Ce qui l'y déterminoit encore davantage étoit l'absence de Monsieur de Nemours. Il étoit allé au devant de Monsieur de Savoie; et, après que ce prince fut arrivé, il fut obligé de se tenir presque toujours auprès de lui pour lui aider à toutes les choses qui regardoient les cérémonies de ses noces; cela fit que Madame de Clèves ne rencontra pas ce prince aussi souvent qu'elle avoit accoutumé, et elle s'en trouvoit dans quelque sorte de repos.

Peu de jours avant celui que l'on avoit choisi pour la cérémonie du mariage, la Reine Dauphine donnoit à souper au Roi son beaupère et à la duchesse de Valentinois. Madame de Clèves, qui étoit occupée à s'habiller, alla au Louvre plus tard que de coutume. En y allant, elle trouva un gentilhomme qui la venoit querir de la part de Madame la Dauphine. Comme elle entra dans sa chambre, cette[80] princesse lui cria de dessus son lit, où elle étoit, qu'elle l'attendoit avec une grande impatience.

"Je crois, Madame, lui répondit-elle, que je ne dois pas vous remercier de cette impatience, et qu'elle est sans doute causée par quelque autre chose que par l'envie de me voir."

"Vous avez raison, lui répliqua la Reine Dauphine; mais, néanmoins, vous devez m'en être obligée: car je veux vous apprendre une aventure que je suis assurée que vous serez bien aise de savoir."

Madame de Clèves se mit à genoux devant son lit, et, par bonheur pour elle, elle n'avoit pas le jour au visage. [1] "Vous savez, lui dit cette Reine, l'envie que nous avions de deviner ce qui causoit le changement qui paroît au duc de Nemours; je crois le savoir, et c'est une chose qui vous surprendra. Il est éperdument amoureux et fort aimé d'une des plus belles personnes de la Cour."

Ces paroles, que Madame de Clèves ne pouvoit s'attribuer, puisqu'elle ne croyoit pas que personne sût qu'elle aimoit ce prince, lui causèrent une douleur qu'il est aisé de s'imaginer. "Je ne vois rien en cela, répondit-elle, qui doive surprendre d'un homme de l'âge de Monsieur de Nemours, et fait comme il est."

"Ce n'est pas aussi, reprit Madame la Dauphine, ce qui vous doit étonner; mais c'est de savoir que cette femme qui aime Monsieur de Nemours ne lui en a jamais donné aucune marque, et que la peur qu'elle a eue de n'être pas toujours maîtresse de sa passion a fait qu'elle l'a avouée à son mari, afin qu'il l'ôtât de la Cour. Et c'est Monsieur de Nemours lui-même qui a conté ce que je vous dis."

Si Madame de Clèves avoit eu d'abord de la douleur par la pensée qu'elle n'avoit aucune part à cette aventure, les dernières paroles de Madame la Dauphine lui donnèrent du désespoir, par la certitude de n'y en avoir que trop. Elle ne put répondre, et demeura la tête penchée sur le lit, pendant[81] que la Reine continuoit de parler, si occupée de ce qu'elle disoit, qu'elle ne prenoit pas garde à cet embarras. Lorsque Madame de Clèves fut un peu remise: "Cette histoire ne me paroît guère vraisemblable, Madame, répondit-elle, et je voudrois bien savoir qui vous l'a contée."

"C'est Madame de Martigues, répliqua Madame la Dauphine, qui l'a apprise du vidame de Chartres. Vous savez qu'il en est amoureux: il la lui a confiée comme un secret, et il la sait du duc de Nemours lui-même. Il est vrai que le duc de Nemours ne lui a pas dit le nom de la dame, et ne lui a pas même avoué que ce fût lui qui en fût aimé; mais le vidame de Chartres n'en doute point."

Comme la Reine Dauphine achevoit ces paroles, quelqu'un s'approcha du lit. Madame de Clèves étoit tournée d'une sorte qui l'empêchoit de voir qui c'étoit; mais elle n'en douta pas, lorsque Madame la Dauphine se récria avec un air de gaîté et de surprise: "Le voilà lui-même, et je veux lui demander ce qui en est."

Madame de Clèves connut bien que c'étoit le duc de Nemours, comme ce l'étoit en effet. Sans se tourner de son côté, elle s'avança avec précipitation vers Madame la Dauphine, et lui dit tout bas qu'il falloit bien se garder de lui parler de cette aventure; qu'il l'avoit confiée au vidame de Chartres, et que ce seroit une chose capable de les brouiller. Madame la Dauphine lui répondit en riant qu'elle étoit trop prudente, et se retourna vers Monsieur de Nemours. Il étoit paré pour l'assemblée du soir; et prenant la parole avec cette grâce qui lui étoit si naturelle: "Je crois, Madame, dit-il, que je puis penser sans témérité que vous parliez de moi quand je suis entré, que vous aviez dessein de me demander quelque chose, et que Madame de Clèves s'y oppose."

"Il est vrai, répondit Madame la Dauphine; mais je n'aurai pas pour elle la complaisance que j'ai accoutumé82 d'avoir. Je veux savoir de vous si une histoire que l'on m'a contée est véritable, et si vous n'êtes pas celui qui êtes amoureux et aimé d'une femme de la Cour qui vous cache sa passion avec soin, et qui l'a avouée à son mari."

Le trouble et l'embarras de Madame de Clèves étoit au delà de tout ce que l'on peut s'imaginer; et si la mort se fût présentée pour la tirer de cet état, elle l'auroit trouvée agréable. Mais Monsieur de Nemours étoit encore plus embarrassé, s'il est possible: le discours de Madame la Dauphine, dont il avoit lieu de croire qu'il n'étoit pas haï, en présence de Madame de Clèves, qui étoit la personne de la

Cour en qui elle avoit le plus de confiance, et qui en avoit aussi le plus en elle, lui donnoit une si grande confusion de pensées bizarres, qu'il lui fut impossible d'être maître de son visage. L'embarras où il voyoit Madame de Clèves par sa faute, et la pensée du juste sujet qu'il lui donnoit de le haïr, lui causèrent un saisissement qui ne lui permit pas de répondre. Madame la Dauphine voyant à quel point il étoit interdit. "Regardez-le, regardez-le, dit-elle à Madame de Clèves, et jugez si cette aventure n'est pas la sienne."

Cependant Monsieur de Nemours, revenant de son premier trouble, et voyant l'importance de sortir d'un pas si dangereux, se rendit maître tout d'un coup de son esprit et de son visage.

"J'avoue, Madame, dit-il, que l'on ne peut être plus surpris et plus affligé que je le suis de l'infidélité que m'a faite le vidame de Chartres, en racontant l'aventure d'un de mes amis que je lui avois confiée. Je pourrai m'en venger, continua-t-il en souriant avec un air tranquille qui ôta quasi à Madame la Dauphine les soupçons qu'elle venoit d'avoir: il m'a confié des choses qui ne sont pas d'une médiocre importance. Mais je ne sais, Madame, poursuivit-il, pourquoi vous me faites l'honneur de me mêler à cette aventure. Le Vidame ne peut pas dire qu'elle me regarde, puisque je lui83 ai dit le contraire. La qualité d'un homme amoureux me peut convenir; mais pour celle d'un homme aimé, je ne crois pas, Madame, que vous puissiez me la donner."

Ce prince fut bien aise de dire quelque chose à Madame la Dauphine qui eût du rapport à ce qu'il lui avoit fait paroître en d'autres temps, afin de lui détourner l'esprit des pensées qu'elle avoit pu avoir. Elle crut bien aussi entendre ce qu'il disoit; mais sans y répondre, elle continua à lui faire la guerre de son embarras.

"J'ai été troublé, Madame, lui répondit-il, pour l'intérêt de mon ami, et par les justes reproches qu'il me pourroit faire d'avoir redit une chose qui lui est plus chère que la vie. Il ne me l'a néanmoins confiée qu'à demi, et il ne m'a pas nommé la personne qu'il aime; je sais seulement qu'il est l'homme du monde le plus amoureux et le plus à plaindre.

"Le trouvez-vous si à plaindre, répliqua Madame la Dauphine, puisqu'il est aimé?"

"Croyez-vous qu'il le soit, Madame, reprit-il, et qu'une personne qui auroit une véritable passion pût la découvrir à son mari? Cette personne ne connoît pas sans doute l'amour, et elle a pris pour lui une légère reconnoissance de l'attachement que l'on a pour elle. Mon ami ne se peut flatter d'aucune espérance; mais, tout malheureux qu'il est, il se trouve heureux d'avoir du moins donné la peur de l'aimer, et il ne changeroit pas son état contre celui du plus heureux amant du monde."

"Votre ami a une passion bien aisée à satisfaire, dit Madame la Dauphine, et je commence à croire que ce n'est pas vous dont vous parlez. Il ne s'en faut guère continua-t-elle, que je ne sois de l'avis de Madame de Clèves, qui soutient que cette aventure ne peut être véritable."

"Je ne crois pas en effet qu'elle le puisse être, reprit Madame de Clèves, qui n'avoit point encore parlé; et, quand il seroit possible qu'elle le fût, par où l'auroit-on pu savoir?84 Il n'y a pas d'apparence qu'une femme capable d'une chose si extraordinaire eût la foiblesse de la raconter. Apparemment son mari ne l'auroit pas racontée non plus, ou ce seroit un mari bien indigne du procédé que l'on auroit eu avec lui."

Monsieur de Nemours, qui vit les soupçons de Madame de Clèves sur son mari, fut bien aise de les lui confirmer; il savoit que c'étoit le plus redoutable rival qu'il eût à détruire. "La jalousie, répondit-il, et la curiosité d'en savoir peut-être davantage que l'on ne lui en a dit, peuvent faire faire bien des imprudences à un mari."

Madame de Clèves étoit à la dernière épreuve de sa force et de son courage, et ne pouvant plus soutenir la conversation, elle alloit dire qu'elle se trouvoit mal, lorsque, par bonheur pour elle, la duchesse de Valentinois entra, qui dit à Madame la Dauphine que le Roi alloit arriver. Cette Reine passa dans son cabinet pour s'habiller. Monsieur de Nemours s'approcha de Madame de Clèves, comme elle la vouloit suivre.

"Je donnerois ma vie, Madame, dit-il, pour vous parler un moment; mais, de tout ce que j'aurois d'important à vous dire, rien ne me le paroît davantage que de vous supplier de croire que, si j'ai dit quelque chose où Madame la Dauphine puisse prendre part, je l'ai fait par des raisons qui ne la regardent pas."

Madame de Clèves ne fit pas semblant d'entendre Monsieur de Nemours; elle le quitta sans le regarder, et se mit à suivre le Roi, qui venoit d'entrer. Comme il y avoit beaucoup de monde, elle s'embarrassa dans sa robe, et fit un faux pas: elle se servit de ce prétexte pour sortir d'un lieu où elle n'avoit pas la force de demeurer, et feignant de ne se pouvoir soutenir, elle s'en alla chez elle.

Monsieur de Clèves vint au Louvre, et fut étonné de n'y pas trouver sa femme: on lui dit l'accident qui lui étoit arrivé. Il s'en retourna à l'heure même, pour apprendre de85 ses nouvelles; il la trouva au lit, et il sut que son mal n'étoit pas considérable. Quand il eut été quelque temps auprès d'elle, il s'aperçut qu'elle étoit dans une tristesse si excessive qu'il en fut surpris: "Qu'avez-vous, Madame? lui dit-il; il me paroît que vous avez quelque autre douleur que celle dont vous vous plaignez."

"J'ai la plus sensible affliction que je pouvois jamais avoir, répondit-elle. Quel usage avez-vous fait de la confiance extraordinaire, ou, pour mieux dire, folle, que j'ai eue en vous? Ne méritois-je pas le secret? Et, quand je ne l'aurois pas mérité, votre propre intérêt ne vous y engageoit-il pas? Falloit-il que la curiosité de savoir un nom que je ne dois pas vous dire vous obligeât à vous confier à quelqu'un pour tâcher de le découvrir? Ce ne peut être que cette seule [1] curiosité qui vous ait fait faire une si cruelle imprudence. Les suites en sont aussi fâcheuses qu'elles pouvoient l'être; cette aventure est sue, et on me la vient de conter, ne sachant pas que j'y eusse le principal intérêt."

"Que me dites-vous, Madame? lui répondit-il. Vous m'accusez d'avoir conté ce qui s'est passé entre vous et moi, et vous m'apprenez que la chose est sue. Je ne me justifie pas de l'avoir redite: vous ne le sauriez croire, et il faut sans doute que vous ayez pris pour vous ce que l'on vous a dit de quelque autre."

"Ah! Monsieur, reprit-elle, il n'y a pas dans le monde une autre aventure pareille à la mienne; il n'y a point une autre femme capable de la même chose. Le hasard ne peut l'avoir fait inventer; on ne l'a jamais imaginée, et cette pensée n'est jamais tombée dans un autre esprit que le mien. Madame la Dauphine vient de me conter toute cette aventure; elle l'a sue par le vidame de Chartres, qui la sait de Monsieur de Nemours."

"Monsieur de Nemours! s'écria Monsieur de Clèves avec[86] une action qui marquoit du transport et du désespoir. Quoi! Monsieur de Nemours sait que vous l'aimez, et que je le sais!"

"Vous voulez toujours choisir Monsieur de Nemours plutôt qu'un autre, répliqua-t-elle; je vous ai dit que je ne vous répondrois jamais sur vos soupçons. J'ignore si Monsieur de Nemours sait la part que j'ai dans cette aventure, et celle que vous lui avez donnée; mais il l'a contée au vidame de Chartres, et lui a dit qu'il la savoit d'un de ses amis, qui ne lui avoit pas nommé la personne. Il faut que cet ami de Monsieur de Nemours soit des vôtres, et que vous vous soyez fié à lui pour tâcher de vous éclaircir."

"A-t-on un ami au monde à qui on voulût faire une telle confidence, reprit Monsieur de Clèves, et voudroit-on éclaircir ses soupçons au prix d'apprendre à quelqu'un ce que l'on souhaiteroit de se cacher à soi-même? Songez plutôt, Madame, à qui vous avez parlé. Il est plus vraisemblable que ce soit par vous que par moi que ce secret soit échappé. Vous n'avez pu soutenir toute seule l'embarras où vous vous êtes trouvée, et vous avez cherché le soulagement de vous plaindre avec quelque confidente qui vous a trahie."

"N'achevez point de m'accabler, s'écria-t-elle, et n'ayez point la dureté de m'accuser d'une faute que vous avez faite. Pouvez-vous m'en soupçonner, et, puisque j'ai été capable de vous parler, suis-je capable de parler à quelque autre?"

L'aveu que Madame de Clèves avoit fait à son mari était une si grande marque de sa sincérité, et elle nioit si fortement de s'être confiée à personne, que Monsieur de Clèves ne savoit que penser. D'un autre côté, il étoit assuré de n'avoir rien redit; c'étoit une chose que l'on ne pouvoit avoir devinée; elle étoit sue: ainsi il falloit que ce fût par l'un des deux. Mais ce qui lui causoit une douleur violente étoit de savoir que ce secret étoit entre les mains de quelqu'un, et qu'apparemment il seroit bientôt divulgué.[87]

Madame de Clèves pensoit à peu près les mêmes choses; elle trouvoit également impossible que son mari eût parlé et qu'il n'eût pas parlé: ce qu'avoit dit Monsieur de Nemours, que la curiosité pouvoit faire faire des imprudences à un mari, lui paroissoit se rapporter si juste à l'état de Monsieur de Clèves, qu'elle ne pouvoit croire que ce fût une chose que le hasard eût fait dire; et cette vraisemblance la déterminoit à croire que Monsieur de Clèves avoit abusé de la confiance qu'elle avoit en lui. Ils étoient si occupés l'un et l'autre de leurs pensées, qu'ils furent longtemps sans parler, et ils ne sortirent de ce silence que pour redire les mêmes choses qu'ils avoient déjà dites plusieurs fois, et demeurèrent le cœur et l'esprit plus éloigné et plus altéré qu'ils ne l'avoient encore eu.

Il est aisé de s'imaginer en quel état ils passèrent la nuit. Monsieur de Clèves avoit épuisé toute sa constance à soutenir le malheur de voir une femme qu'il adoroit touchée de passion pour un autre. Il ne lui restoit plus de courage; il croyoit même n'en devoir pas trouver dans une chose où sa gloire et son honneur étoient si vivement blessés. Il ne savoit plus que penser de sa femme; il ne voyoit plus quelle conduite il lui devoit faire prendre, ni comment il se devoit conduire lui-même; et il ne trouvoit de tous côtés que des précipices et des abîmes. Enfin, après une agitation et une incertitude très-longues, voyant qu'il devoit bientôt s'en aller en Espagne, il prit le parti de ne rien faire qui pût augmenter les soupçons ou la connaissance de son malheureux état. Il alla trouver Madame de Clèves, et lui dit qu'il ne s'agissoit pas de démêler entre eux qui avoit manqué au secret; mais qu'il s'agissoit de faire voir que l'histoire que l'on avoit contée étoit une fable où elle n'avoit aucune part; qu'il dépendoit d'elle de le persuader à Monsieur de Nemours et aux autres; qu'elle n'avoit qu'à agir avec lui avec la sévérité et la froideur qu'elle devoit avoir pour un homme qui lui88 témoignoit de l'amour; que, par ce procédé, elle lui ôteroit aisément l'opinion qu'elle eût de l'inclination pour lui; qu'ainsi, il ne falloit point s'affliger de tout ce qu'il auroit pu penser, parce que, si dans la suite elle ne faisoit paroître aucune foiblesse, toutes ses pensées se détruiroient aisément; et que, surtout, il falloit qu'elle allât au Louvre et aux assemblées comme à l'ordinaire.

Après ces paroles, Monsieur de Clèves quitta sa femme, sans attendre sa réponse. Elle trouva beaucoup de raison dans tout ce qu'il lui dit, et la colère où elle étoit contre Monsieur de Nemours lui fit croire qu'elle trouveroit aussi beaucoup de facilité à l'exécuter; mais il lui parut difficile de se trouver à toutes les cérémonies du mariage, et d'y paroître avec un visage tranquille et un esprit libre. Néanmoins, comme elle devoit porter la robe de Madame la Dauphine, et que c'étoit une chose où elle avoit été préférée à plusieurs autres princesses, il n'y avoit pas moyen d'y renoncer sans faire beaucoup de bruit et sans en faire chercher des raisons. Elle se résolut donc de faire un effort sur elle-même; mais elle prit le reste du jour pour s'y préparer et pour s'abandonner à tous les sentiments dont elle étoit agitée. Elle s'enferma seule dans son cabinet. De tous ses maux, celui qui se présentoit à elle avec le plus de violence étoit d'avoir sujet de se plaindre de Monsieur de Nemours, et de ne trouver aucun moyen de le justifier. Elle ne pouvoit douter qu'il n'eût conté cette aventure au vidame de Chartres; il l'avoit avoué, et elle ne pouvoit douter aussi, par la manière dont il avoit parlé, qu'il ne sût que l'aventure la regardoit. Comment excuser une si grande imprudence, et qu'étoit devenue l'extrême discrétion de ce prince, dont elle avoit été si touchée?

Cependant, ce prince n'étoit pas dans un état plus tranquille. L'imprudence qu'il avoit faite d'avoir parlé au vidame de Chartres, et les cruelles suites de cette imprudence,89 lui donnoient un déplaisir mortel. Il ne pouvoit se représenter sans être accablé l'embarras, le trouble et l'affliction où il avoit vu Madame de Clèves. Il étoit inconsolable de lui avoir dit des choses sur cette aventure qui, bien que galantes par elles-mêmes, lui paroissoient dans ce moment grossières et peu polies, puisqu'elles avoient fait entendre à Madame de Clèves qu'il n'ignoroit pas qu'elle étoit cette femme qui avoit une passion violente, et qu'il étoit celui pour qui elle l'avoit. Tout ce qu'il eût pu souhaiter eût été une conversation avec elle; mais il trouvoit qu'il la devoit craindre plutôt que de la désirer.

"Qu'aurois-je à lui dire? s'écrioit-il. Irois-je encore lui montrer ce que je ne lui ai déjà que trop fait connoître? Lui ferai-je voir que je sais qu'elle m'aime, moi qui n'ai jamais seulement osé lui dire que je l'aimois? Commencerai-je à lui parler ouvertement de ma passion, afin de lui paroître un homme devenu hardi par des espérances? Puis-je penser seulement à l'approcher, et oserois-je lui donner l'embarras de soutenir ma vue? Par où pourrois-je me justifier? Je n'ai point d'excuse, je suis indigne d'être regardé de Madame de Clèves, et je n'espère pas aussi qu'elle me regarde jamais. Je lui ai donné, par ma faute, de meilleurs moyens pour se défendre contre moi que tous ceux qu'elle cherchoit, et qu'elle eût peut-être cherchés inutilement. Je perds par mon imprudence le bonheur et la gloire d'être aimé de la plus aimable et de la plus estimable personne du monde; mais, si j'avois perdu ce bonheur sans qu'elle en eût souffert, et sans lui avoir donné une douleur mortelle, ce me seroit une consolation; et je sens plus dans ce moment le mal que je lui ai fait que celui que je me suis fait auprès d'elle."

Monsieur de Nemours fut longtemps à s'affliger et à penser les mêmes choses. L'envie de parler à Madame de Clèves lui venoit toujours dans l'esprit. Il songea à en90 trouver les moyens, il pensa à lui écrire; mais enfin il trouva qu'après la faute qu'il avoit faite, et de l'humeur dont elle étoit, le mieux qu'il pût faire étoit de lui témoigner un profond respect par son affliction et par son silence, de lui faire voir même qu'il n'osoit se présenter devant elle, et d'attendre ce que le temps, le hasard et l'inclination qu'elle avoit pour lui pourroient faire en sa faveur. Il résolut aussi de ne point faire de reproches au vidame de Chartres de l'infidélité qu'il lui avoit faite, de peur de fortifier ses soupçons.

Les fiançailles de Madame, qui se faisoient le lendemain, et le mariage, qui se faisoit le jour suivant, occupoient tellement toute la Cour, que Madame de Clèves et Monsieur de Nemours cachèrent aisément au public leur tristesse et leur trouble. Madame la Dauphine ne parla même qu'en passant à Madame de Clèves de la conversation qu'elles avoient eue avec Monsieur de Nemours, et Monsieur de Clèves affecta de ne plus parler à sa femme de tout ce qui s'étoit passé, de sorte qu'elle ne se trouva pas dans un aussi grand embarras qu'elle l'avoit imaginé.

Les fiançailles se firent au Louvre, et, après le festin et le bal, toute la maison royale alla coucher à l'Évêché, [1] comme c'étoit la coutume. Le matin, le duc d'Albe, qui n'étoit jamais vêtu que fort simplement, mit un habit de drap d'or, mêlé de couleur de feu, de jaune et de noir, tout couvert de pierreries, et il avoit une couronne fermée sur la tête. Le prince d'Orange, habillé aussi magnifiquement, avec ses livrées, et tous les Espagnols suivis des leurs, vinrent prendre le duc d'Albe à l'hôtel de Villeroy, [2] où il étoit logé, et partirent, marchant quatre à quatre, pour venir à l'Évêché. Sitôt qu'il fut arrivé, on alla par ordre à l'église. On monta sur l'échafaud qui étoit préparé dans l'église, et l'on fit la cérémonie des mariages. On retourna ensuite dîner à l'Évêché, et, sur les cinq heures, on en partit pour aller au Palais, où se faisoit le festin.91

Le duc de Guise, vêtu d'une robe de drap d'or frisé, servoit au Roi de grand-maître [1]; Monsieur le prince de Condé, de panetier [2]; et le duc de Nemours d'échanson. [3] Après que les tables furent levées, le bal commença; il fut interrompu par des ballets et par des machines [4] extraordinaires; on le reprit ensuite, et enfin, après minuit, le Roi et toute la Cour s'en retourna au Louvre. Quelque triste que fût Madame de Clèves, elle ne laissa pas de paroître aux yeux de tout le monde, et surtout aux yeux de Monsieur de Nemours, d'une beauté incomparable. Il n'osa lui parler, quoique l'embarras de cette cérémonie lui en donnât plusieurs moyens; mais il lui fit voir tant de tristesse, et une crainte si respectueuse de l'approcher, qu'elle ne le trouva plus si coupable, quoiqu'il ne lui eût rien dit pour se justifier. Il eut la même conduite les jours suivants, et cette conduite fit aussi le même effet sur le cœur de Madame de Clèves.

Enfin le jour du tournoi arriva. Les Reines se rendirent dans les galeries et sur les échafauds qui leur avoient été destinés. Les quatres tenants parurent au bout de la lice, avec une quantité de chevaux et de livrées qui faisoient le plus magnifique spectacle qui eût jamais paru en France.

Le Roi n'avoit point d'autres couleurs que le blanc et le noir, qu'il portoit toujours à cause de Madame de Valentinois, qui étoit veuve. Monsieur de Ferrare et toute sa suite avoient du jaune et du rouge. Monsieur de Guise parut avec de l'incarnat [5] et du blanc; on ne savoit d'abord par quelle raison il avoit ces couleurs, mais on se souvint que c'étoient celles d'une belle personne qu'il avoit aimée pendant qu'elle étoit fille, et qu'il aimoit encore, quoiqu'il n'osât plus le lui faire paroître. Monsieur de Nemours avoit du jaune et du noir [6]; on en chercha inutilement la raison. Madame de Clèves n'eut pas de peine à la deviner: elle se souvint d'avoir dit devant lui qu'elle aimoit le jaune, et qu'elle étoit fâchée d'être blonde, parce qu'elle n'en pouvoit 92 mettre. Ce prince crut pouvoir paroître avec cette couleur sans indiscrétion, puisque, Madame de Clèves n'en mettant point, on ne pouvoit soupçonner que ce fût la sienne.

Jamais on n'a fait voir tant d'adresse que les quatre tenants en firent paroître. Quoique le Roi fût le meilleur homme de cheval de son royaume, on ne savoit à qui donner l'avantage. [1] Monsieur de

Nemours avoit un agrément dans toutes ses actions qui pouvoit faire pencher en sa faveur des personnes moins intéressées que Madame de Clèves. Sitôt qu'elle le vit paroître au bout de la lice, elle sentit une émotion extraordinaire; et, à toutes les courses de ce prince, elle avoit de la peine à cacher sa joie lorsqu'il avoit heureusement fourni sa carrière. [2]

Sur le soir, comme tout étoit presque fini, et que l'on étoit près de se retirer, le malheur de l'État fit que le Roi voulut encore rompre une lance. Il manda au comte de Montgomery, [3] qui étoit extrêmement adroit, qu'il se mît sur la lice. [4] Le comte supplia le Roi de l'en dispenser, et allégua toutes les excuses dont il put s'aviser; mais le Roi, quasi en colère, lui fit dire qu'il le vouloit absolument. La Reine manda au Roi qu'elle le conjuroit de ne plus courir, qu'il avoit si bien fait qu'il devoit être content, et qu'elle le supplioit de revenir auprès d'elle. Il répondit que c'étoit pour l'amour d'elle qu'il alloit courir encore, et entra dans la barrière. [5] Elle lui renvoya Monsieur de Savoie, pour le prier une seconde fois de venir; mais tout fut inutile. Il courut, les lances se brisèrent, et un éclat de celle du comte de Montgomery lui donna dans l'œil, et y demeura. Ce prince tomba du coup. Ses écuyers, et Monsieur de Montgomery, qui étoit un des maréchaux de camp, coururent à lui. Ils furent étonnés de le voir si blessé; mais le Roi ne s'étonna point: il dit que c'étoit peu de chose, et qu'il pardonnoit au comte de Montgomery. On peut juger quel trouble et quelle affliction apporta un accident si funeste dans une journée destinée93 à la joie. Sitôt que l'on eut porté le Roi dans son lit, et que les chirurgiens eurent visité sa plaie, ils la trouvèrent très-considérable. Monsieur le Connétable se souvint dans ce moment de la prédiction que l'on avoit faite au Roi, qu'il seroit tué dans un combat singulier, et il ne douta point que la prédiction ne fût accomplie.

Le Roi d'Espagne, qui étoit lors à Bruxelles, étant averti de cet accident, envoya son médecin, qui étoit un homme d'une grande réputation; mais il jugea le Roi sans espérance.

Une Cour aussi partagée et aussi remplie d'intérêts opposés n'étoit pas dans une médiocre agitation à la veille d'un si grand événement; néanmoins, tous les mouvements étoient cachés, et l'on ne paroissoit occupé que de l'unique inquiétude de la santé du Roi.

Les Reines, les princes et les princesses ne sortoient presque point de son antichambre.

Madame de Clèves, sachant qu'elle étoit obligée d'y être, qu'elle y verroit Monsieur de Nemours, qu'elle ne pourroit cacher à son mari l'embarras que lui causoit cette vue, connoissant aussi que la seule présence de ce prince le justifioit à ses yeux, et détruisoit toutes ses résolutions, prit le parti de feindre d'être malade. La Cour étoit trop occupée pour avoir de l'attention à sa conduite, et pour démêler si son mal étoit faux ou véritable. Son mari seul pouvoit en connoître la vérité; mais elle n'étoit pas fâchée qu'il la connût: ainsi elle demeura chez elle, peu occupée du grand changement qui se préparoit; et, remplie de ses propres pensées, elle avoit toute la liberté de s'y abandonner. Tout le monde étoit chez le Roi. Monsieur de Clèves venoit à de certaines heures lui en dire des nouvelles. Il conservoit avec elle le même procédé qu'il avoit toujours eu, hors que, quand ils étoient seuls, il y avoit quelque chose d'un peu plus froid et de moins libre. Il ne lui avoit point reparlé de tout ce qui s'étoit passé, et elle n'avoit pas eu la force, et n'avoit pas même jugé à propos de reprendre cette conversation.94

Monsieur de Nemours, qui s'étoit attendu à trouver quelques moments à parler à Madame de Clèves, fut bien surpris et bien affligé de n'avoir pas seulement le plaisir de la voir. Le mal du Roi se trouvoit si considérable, que le septième jour il fut désespéré des médecins. Il reçut la certitude de sa mort avec une fermeté extraordinaire, et d'autant plus admirable qu'il perdoit la vie par un accident si malheureux, qu'il mouroit à la fleur de son âge, heureux, et adoré de ses peuples. [1] La veille de sa mort, il fit faire le mariage de Madame, sa sœur, avec Monsieur de Savoie, sans cérémonie.

L'on peut juger en quel état étoit la duchesse de Valentinois. La Reine ne permit point qu'elle vît le Roi, et lui envoya demander les cachets de ce prince, et les pierreries de la couronne qu'elle avoit en garde. Cette duchesse s'enquit si le Roi étoit mort; et, comme on lui répondit que non: "Je n'ai donc point encore de maître, réponditelle, et personne ne peut m'obliger à rendre ce que sa confiance m'a mis entre les mains." Sitôt qu'il fut expiré au château des Tournelles, le duc de Ferrare, le duc de Guise et le duc de Nemours conduisirent au Louvre la Reine-Mère, le Roi et la Reine sa femme. Monsieur de Nemours conduisoit la Reine-Mère. Comme ils commençoient à marcher, elle se recula de quelques pas, et dit à la Reine sa belle-fille que c'étoit à elle à passer la première; mais il fut aisé de voir qu'il y avoit plus d'aigreur que de bienséance dans ce compliment.

Lorsque les cérémonies du deuil furent achevées, le Connétable vint au Louvre, et fut reçu du Roi avec beaucoup de froideur. Il voulut lui parler en particulier; mais le Roi appela Messieurs de Guise, et lui dit devant eux qu'il lui conseilloit de se reposer; que les finances et le commandement des armées étoient donnés, et que, lorsqu'il auroit besoin de ses conseils, il l'appelleroit auprès de sa personne.95 Il fut reçu de la Reine-Mère encore plus froidement que du Roi, et elle lui fit même des reproches de ce qu'il avoit dit au feu Roi que ses enfants ne lui ressembloient point. Le Roi de Navarre arriva, et ne fut pas mieux reçu. Le prince de Condé, moins endurant que son frère, se plaignit hautement; ses plaintes furent inutiles: on l'éloigna de la Cour sous prétexte de l'envoyer en Flandre signer la ratification de la paix. On fit voir au Roi de Navarre une fausse lettre du Roi d'Espagne qui l'accusoit de faire des entreprises sur ses places; on lui fit craindre pour ses terres; enfin on lui inspira le dessein de s'en aller. La Reine lui en fournit un moyen, en lui donnant la conduite de Madame Elisabeth, et l'obligea même à partir devant cette princesse; et ainsi il ne demeura personne à la Cour qui pût balancer le pouvoir de la maison de Guise.

Quoique ce fût une chose fâcheuse pour Monsieur de Clèves de ne pas conduire Madame Elisabeth, néanmoins il ne put s'en plaindre, par la grandeur de celui qu'on lui préféroit; mais il regrettoit moins cet emploi par l'honneur qu'il en eût reçu, que parce que c'étoit une chose qui éloignoit sa femme de la Cour sans qu'il parût qu'il eût dessein de l'en éloigner.96

QUATRIÈME PARTIE.

Peu de jours après la mort du Roi, on résolut d'aller à Reims [1] pour le sacre. [2] Sitôt qu'on parla de ce voyage, Madame de Clèves, qui avoit toujours demeuré chez elle, feignant d'être malade, pria son mari de trouver bon qu'elle ne suivît point la Cour, et qu'elle s'en allât à Colomiers prendre l'air et songer à sa santé. Il lui répondit qu'il ne vouloit point pénétrer si c'étoit la raison de sa santé qui l'obligeoit à ne pas faire le voyage, mais qu'il consentoit qu'elle ne le fît point. Il n'eut pas de peine à consentir à une chose qu'il avoit déjà résolue. Quelque bonne opinion qu'il eût de la vertu de sa femme, il voyoit bien que la prudence ne vouloit pas qu'il l'exposât plus long-temps à la vue d'un homme qu'elle aimoit.

Monsieur de Nemours sut bientôt que Madame de Clèves ne de-voit pas suivre la Cour; il ne put se résoudre à partir sans la voir, et, la veille du départ, il alla chez elle aussi tard que la bienséance le pouvoit permettre, afin de la trouver seule. La fortune favorisa son intention. Comme il entra dans la cour, il trouva Madame de Nevers et Madame de Martigues qui en sortoient, et qui lui dirent qu'elles l'avoient laissée seule. Il monta avec une agitation et un trouble qui ne se peut comparer qu'à celui qu'eut Madame de Clèves, quand on lui dit que Monsieur de Nemours venoit pour la voir. La crainte qu'elle eut qu'il ne lui parlât de sa passion, l'appréhension de lui répondre trop favorablement, l'inquiétude que cette visite pouvoit donner à son mari, la peine de lui en rendre compte ou de lui cacher toutes ces choses, se présentèrent en un moment à son esprit, et lui firent un si grand embarras, qu'elle prit la résolution d'éviter la chose97 du monde qu'elle souhaitoit peut-être le plus. Elle envoya une de ses femmes à Monsieur de Nemours, qui étoit dans son anti-chambre, pour lui dire qu'elle venoit de se trouver mal, et qu'elle étoit bien fâchée de ne pouvoir recevoir l'honneur qu'il lui vouloit faire. Quelle douleur pour ce prince de ne pas voir Madame de Clèves, et de ne la pas voir parce qu'elle ne vouloit pas qu'il la vît! Il s'en alloit le lendemain, il n'avoit plus rien à espérer du hasard; il ne lui avoit rien dit depuis cette conversation de chez Madame la Dau-phine, et il avoit lieu de croire que la faute d'avoir parlé au Vidame avoit détruit toutes ses espérances; enfin, il s'en alloit avec tout ce qui peut aigrir une vive douleur.

Sitôt que Madame de Clèves fut un peu remise du trouble que lui avoit donné la pensée de la visite de ce prince, toutes les raisons qui la lui avoient fait refuser disparurent; elle trouva même qu'elle avoit fait une faute; et si elle eût osé, ou qu'il eût encore été assez à temps, elle l'auroit fait rappeler.

Mesdames de Nevers et de Martigues, en sortant de chez elle, allèrent chez la Reine Dauphine; Monsieur de Clèves y étoit. Cette princesse leur demanda d'où elles venoient; elles lui dirent qu'elles venoient de chez Monsieur de Clèves, où elles avoient passé une partie de l'après-dînée avec beaucoup de monde, et qu'elles n'y avoient laissé que Monsieur de Nemours. Ces paroles, qu'elles croyoient si indifférentes, ne l'étoient pas pour Monsieur de Clèves, quoiqu'il dût bien s'imaginer que Monsieur de Nemours pouvoit trouver souvent des occasions de parler à sa femme. Néanmoins, la pensée qu'il étoit chez elle, qu'il y étoit seul, et qu'il lui pouvoit parler de son amour, lui parut dans ce moment une chose si nouvelle et si insupportable, que la jalousie s'alluma dans son cœur avec plus de violence qu'elle n'avoit encore fait. Il lui fut impossible de demeurer chez la Reine; il s'en revint, ne sachant pas même pourquoi il revenoit, et s'il98 avoit dessein d'aller interrompre Monsieur de Nemours. Sitôt qu'il approcha de chez lui, il regarda s'il ne verroit rien qui lui pût faire juger si ce prince y étoit encore: il sentit du soulagement en voyant qu'il n'y étoit plus, et il trouva de la douceur à penser qu'il ne pouvoit y avoir demeuré longtemps. Il s'imagina que ce n'étoit peut-être pas Monsieur de Nemours dont il devoit être jaloux; et, quoiqu'il n'en doutât point, il cherchoit à en douter; mais tant de choses l'en avoient persuadé, qu'il ne demeuroit pas longtemps dans cette incertitude qu'il désiroit. Il alla d'abord dans la chambre de sa femme, et, après lui avoir parlé quelque temps de choses indifférentes, il ne put s'empêcher de lui demander ce qu'elle avoit fait, et qui elle avoit vu: elle lui en rendit compte. Comme il vit qu'elle ne lui nommoit point Monsieur de Nemours, il lui demanda en tremblant si c'étoit tout ce qu'elle avoit vu, afin de lui donner lieu de nommer ce prince, et de n'avoir pas la douleur qu'elle lui en fît une finesse. [1] Comme elle ne l'avoit point vu, elle ne le lui nomma point, et Monsieur de Clèves, reprenant la parole avec un ton qui marquoit son affliction: "Et Monsieur de Nemours, lui dit-il, ne l'avez-vous point vu, ou l'avez-vous oublié?"

"Je ne l'ai point vu en effet, répondit-elle; je me trouvois mal, et j'ai envoyé une de mes femmes lui faire des excuses."

"Vous ne vous trouviez donc mal que pour lui, reprit Monsieur de Clèves, puisque vous avez vu tout le monde? Pourquoi des distinctions pour Monsieur de Nemours? Pourquoi ne vous est-il pas comme un autre? Pourquoi faut-il que vous craigniez sa vue? Pourquoi lui laissez-vous voir que vous le craignez? Pourquoi lui faites-vous connoître que vous vous servez du pouvoir que sa passion vous donne sur lui? Oseriez-vous refuser de le voir, si vous ne saviez bien qu'il distingue vos rigueurs de l'incivilité? Mais pourquoi faut-il que vous ayez des rigueurs pour lui? D'une99 personne comme vous, Madame, tout est des faveurs, hors l'indifférence."

"Je ne croyois pas, reprit Madame de Clèves, quelque soupçon que vous ayez sur Monsieur de Nemours, que vous puissiez me faire des reproches de ne l'avoir pas vu."

"Je vous en fais pourtant, Madame, répliqua-t-il, et ils sont bien fondés. Pourquoi ne le pas voir, s'il ne vous a rien dit? Mais, Madame, il vous a parlé; si son silence seul vous avoit témoigné sa passion, elle n'auroit pas fait en vous une si grande impression; vous n'avez pu me dire la vérité toute entière, vous m'en avez caché la plus grande partie; vous vous êtes repentie même du peu que vous m'avez avoué, et vous n'avez pas eu la force de continuer. Je suis plus malheureux que je ne l'ai cru, et je suis le plus malheureux de tous les hommes. Vous êtes ma femme, je vous aime comme ma maîtresse, et je vous en vois aimer un autre! Cet autre est le plus aimable de la Cour, et il vous voit tous les jours, il sait que vous l'aimez. Et j'ai pu croire, s'écria-t-il, que vous surmonteriez la passion que vous avez pour lui! Il faut que j'aie perdu la raison, pour avoir cru qu'il fût possible."

"Je ne sais, reprit tristement Madame de Clèves, si vous avez eu tort de juger favorablement d'un procédé aussi extraordinaire que le mien; je ne sais si je ne me suis trompée d'avoir cru que vous me feriez justice."

"N'en doutez pas, Madame, répliqua Monsieur de Clèves; vous vous êtes trompée; vous avez attendu de moi des choses aussi impossibles que celles que j'attendois de vous. Comment pouviez-vous espérer que je conservasse de la raison? Vous aviez donc oublié que je vous aimois éperdument, et que j'étois votre mari? L'un des deux peut porter aux extrémités; que ne peuvent point les deux ensemble! Hé! que ne font-ils point aussi! continua-t-il. Je n'ai que des sentiments violents et incertains dont je ne suis pas le100 maître: je ne me trouve plus digne de vous; vous ne me paroissez plus digne de moi; je vous adore, je vous hais; je vous offense, je vous demande pardon; je vous admire, j'ai honte de vous admirer; enfin, il n'y a plus en moi ni de calme ni de raison. Je ne sais comment j'ai pu vivre depuis que vous me parlâtes à Colomiers, et depuis le jour que vous apprîtes de Madame la Dauphine que l'on savoit votre aventure. Je ne saurois démêler par où elle a été sue, ni ce qui se passa entre Monsieur de Nemours et vous sur ce sujet: vous ne me l'expliquerez jamais, et je ne vous demande point de me l'expliquer; je vous demande seulement de vous souvenir que vous m'avez rendu le plus malheureux homme du monde."

Monsieur de Clèves sortit de chez sa femme après ces paroles, et partit le lendemain sans la voir; mais il lui écrivit une lettre pleine d'affliction, d'honnêteté et de douceur. Elle y fit une réponse si touchante et si remplie d'assurance de sa conduite passée et de celle qu'elle auroit à l'avenir, que comme ses assurances étoient fondées sur la vérité, et que c'étoit en effet ses sentiments, cette lettre fit de l'impression sur Monsieur de Clèves, et lui donna quelque calme; joint que, Monsieur de Nemours allant trouver le Roi, aussi bien que lui, il avoit le repos de savoir qu'il ne seroit pas au même lieu que Madame de Clèves. Toutes les fois que cette princesse parloit à son mari, la passion qu'il lui témoignoit, l'honnêteté de son procédé, l'amitié qu'elle avoit pour lui, et ce qu'elle lui devoit, faisoient des impressions dans son cœur qui affoiblissoient l'idée de Monsieur de Nemours; mais ce n'étoit que pour quelque temps, et cette idée revenoit bientôt plus vive et plus présente qu'auparavant.

Les premiers jours du départ de ce prince, elle ne sentit quasi pas son absence; ensuite elle lui parut cruelle; depuis qu'elle l'aimoit, il ne s'étoit point passé de jour qu'elle n'eût craint ou espéré de le rencontrer; et elle trouva une grande101 peine à penser qu'il n'étoit plus au pouvoir du hasard de faire qu'elle le rencontrât.

Elle s'en alla à Colomiers, et, en y allant, elle eut soin d'y faire porter de grands tableaux qu'elle avoit fait copier sur des originaux qu'avoit fait faire Madame de Valentinois pour sa belle maison d'Anet. [1] Toutes les actions remarquables qui s'étoient passées du règne du Roi étoient dans ces tableaux. Il y avoit entre autres le siège de Metz, et tous ceux qui s'y étoient distingués étoient peints fort ressemblants; Monsieur de Nemours étoit de ce nombre, et c'étoit peut-être ce qui avoit donné envie à Madame de Clèves d'avoir ces tableaux.

Madame de Martigues, qui n'avoit pu partir avec la Cour, lui promit d'aller passer quelques jours à Colomiers. Elle trouva Madame de Clèves dans une vie fort solitaire. Cette princesse avoit même cherché le moyen d'être dans une solitude entière, et de passer les soirs dans les jardins, sans être accompagnée de ses domestiques. Elle venoit dans ce pavillon où Monsieur de Nemours l'avoit écoutée; elle entroit dans le cabinet qui étoit ouvert sur le jardin. Ses femmes et ses domestiques demeuroient dans l'autre cabinet, ou sous le pavillon, et ne venoient point à elle qu'elle ne les appelât. Madame de Martigues n'avoit jamais vu Colomiers; elle fut surprise de toutes les beautés qu'elle y trouva, et surtout de l'agrément de ce pavillon; Madame de Clèves et elle y passoient tous les soirs. La liberté de se trouver seules, la nuit, dans le plus beau lieu du monde, ne laissoit pas finir la conversation entre deux jeunes personnes qui avoient des passions violentes dans le cœur; et, quoiqu'elles ne s'en fissent point de confidence, elles trouvoient un grand plaisir à se parler. Madame de Martigues auroit eu de la peine à quitter Colomiers, si, en le quittant, elle n'eût pas dû aller dans un lieu où étoit le Vidame; elle partit pour aller à Chambort, [2] où la Cour étoit alors.102

Le sacre avoit été fait à Reims par le cardinal de Lorraine, et l'on devoit passer le reste de l'été dans le château de Chambort, qui étoit nouvellement bâti. La Reine témoigna une grande joie de revoir Madame de Martigues; et, après lui en avoir donné plusieurs marques, elle lui demanda des nouvelles de Madame de Clèves et de ce qu'elle faisoit à la campagne. Monsieur de Nemours et Monsieur de Clèves étoient alors chez cette Reine. Madame de Martigues, qui avoit trouvé Colomiers admirable, en conta toutes les beautés, et elle s'étendit extrêmement sur la description de ce pavillon de la forêt, et sur le plaisir qu'avoit Madame de Clèves de s'y promener seule une partie de la nuit. Monsieur de Nemours, qui connoissoit assez le lieu pour entendre ce qu'en disoit Madame de Martigues, pensa qu'il n'étoit pas impossible qu'il y pût voir Madame de Clèves sans être vu que d'elle. Il fit quelques questions à Madame de Martigues pour s'en éclaircir encore; et Monsieur de Clèves, qui l'avoit toujours regardé pendant que Madame de Martigues avoit parlé, crut voir dans ce moment ce qui lui passoit dans l'esprit. Les questions que fit ce prince le confirmèrent encore dans cette pensée, en sorte qu'il ne douta point qu'il n'eût dessein d'aller voir sa femme. Il ne se trompoit pas dans ses soupçons: ce dessein entra si fortement dans l'esprit de Monsieur de Nemours, qu'après avoir passé la nuit à songer au moyen de l'exécuter, dès le lendemain matin il demanda congé au Roi pour aller à Paris, sur quelque prétexte qu'il inventa.

Monsieur de Clèves ne douta point du sujet de ce voyage; mais il résolut de s'éclaircir de la conduite de sa femme, et de ne pas demeurer dans une cruelle incertitude. Il eut envie de partir en même temps que Monsieur de Nemours, et de venir lui-même, caché, découvrir quel succès auroit ce voyage; mais, craignant que son départ ne parût extraordinaire, et que Monsieur de Nemours, en étant averti, ne103 prît d'autres mesures, il résolut de se fier à un gentilhomme qui étoit à lui, dont il connoissoit la fidélité et l'esprit. Il lui conta dans quel embarras il se trouvoit; il lui dit quelle avoit été jusque alors la vertu de Madame de Clèves, et lui ordonna de partir sur les pas de Monsieur de Nemours, de l'observer exactement, de voir s'il n'iroit point à Colomiers, et s'il n'entreroit point la nuit dans le jardin.

Le gentilhomme, qui étoit très-capable d'une telle commission, s'en acquitta avec toute l'exactitude imaginable. Il suivit Monsieur de Nemours jusqu'à un village à une demie lieue de Colomiers, où ce prince s'arrêta, et le gentilhomme devina aisément que c'étoit pour y attendre la nuit. Il ne crut pas à propos de l'y attendre aussi; il passa le village et alla dans la forêt, à l'endroit par où il jugeoit que Monsieur de Nemours pouvoit passer. Il ne se trompa point dans tout ce qu'il avoit pensé: sitôt que la nuit fut venue, il entendit marcher, et, quoiqu'il fît obscur, il reconnut aisément Monsieur de Nemours; il le vit faire le tour du jardin, comme pour écouter s'il n'y entendroit personne, et pour choisir le lieu par où il pourroit passer le plus aisément. Les palissades étoient fort hautes, et il y en avoit encore derrière, pour empêcher qu'on ne pût entrer; en sorte qu'il étoit assez difficile de se faire passage.

Monsieur de Nemours en vint à bout néanmoins. Sitôt qu'il fut dans ce jardin, il n'eut pas de peine à démêler où étoit Madame de Clèves: il vit beaucoup de lumières dans le cabinet; toutes les fenêtres en étoient ouvertes; et, en se glissant le long des palissades, il s'en approcha avec un trouble et une émotion qu'il est aisé de se représenter. Il se rangea derrière une des fenêtres qui servoient de porte, pour voir ce que faisoit Madame de Clèves. Il vit qu'elle étoit seule; mais il la vit d'une si admirable beauté, qu'à peine fut-il maître du transport que lui donna cette vue. Il faisoit chaud, et elle n'avoit rien sur sa tête et sur sa gorge, que ses 104 cheveux confusément rattachés. Elle étoit sur un lit de repos, avec une table devant elle, où il y avoit plusieurs corbeilles pleines de rubans; elle en choisit quelques-uns, et Monsieur de Nemours remarqua que c'étoit des mêmes couleurs qu'il avoit portées au tournoi. Il vit qu'elle en faisoit des nœuds à une canne des Indes fort extraordinaire qu'il avoit portée quelque temps, et qu'il avoit donnée à sa sœur, à qui Madame de Clèves l'avoit prise sans faire semblant de la reconnoître pour avoir été à Monsieur de Nemours. Après qu'elle eut achevé son ouvrage avec une grâce et une douceur que répandoient sur son visage les sentiments qu'elle avoit dans le cœur, elle prit un flambeau et s'en alla proche d'une grande table vis-à-vis du tableau du siége de Metz, où étoit le portrait de Monsieur de Nemours; elle s'assit et se mit à regarder ce portrait avec une attention et une rêverie que la passion seule peut donner.

On ne peut exprimer ce que sentit Monsieur de Nemours dans ce moment. Voir, au milieu de la nuit, dans le plus beau lieu du monde, une personne qu'il adoroit; la voir sans qu'elle sût qu'il la voyoit, et la voir toute occupée de choses qui avoient du rapport à lui et à la passion qu'elle lui cachoit, c'est ce qui n'a jamais été goûté ni imaginé par nul autre amant.

Ce prince étoit aussi tellement hors de lui-même, qu'il demeuroit immobile à regarder Madame de Clèves, sans songer que les moments lui étoient précieux. Quand il fut un peu remis, il pensa qu'il devoit attendre à lui parler qu'elle allât dans le jardin; il crut qu'il le pourroit faire avec plus de sûreté, parce qu'elle seroit plus éloignée de ses femmes; mais, voyant qu'elle demeuroit dans le cabinet, il prit la résolution d'y entrer. Quand il voulut l'exécuter, quel trouble n'eut-il point! Quelle crainte de lui déplaire! Quelle peur de faire changer ce visage où il y avoit tant de douceur, et de le voir devenir plein de sévérité et de colère! 105

Il trouva qu'il y avoit eu de la folie, non pas à venir voir Madame de Clèves sans être vu, mais à penser de s'en faire voir; il vit tout ce qu'il n'avoit point encore envisagé. Il lui parut de l'extravagance dans sa hardiesse de venir surprendre, au milieu de la nuit, une personne à qui il n'avoit encore jamais parlé de son amour. Il pensa qu'il ne devoit pas prétendre qu'elle le voulût écouter, et qu'elle auroit une juste colère du péril où il l'exposoit par les accidents qui pouvoient arriver. Tout son courage l'abandonna, et il fut prêt plusieurs fois à prendre la résolution de s'en retourner sans se faire voir. Poussé néanmoins par le désir de lui parler, et rassuré par les espérances que lui donnoit tout ce qu'il avoit vu, il avança quelques pas, mais avec tant de trouble qu'une écharpe qu'il avoit s'embarrassa dans la fenêtre, en sorte qu'il fit du bruit. Madame de Clèves tourna la tête, et, soit qu'elle eût l'esprit rempli de ce prince, ou qu'il fût dans un lieu où la lumière donnoit assez pour qu'elle le pût distinguer, elle crut le reconnoître; et, sans balancer ni se retourner du côté où il étoit, elle entra dans le lieu où étoient ses femmes.

Elle y entra avec tant de trouble, qu'elle fut contrainte, pour le cacher, de dire qu'elle se trouvoit mal, et elle le dit aussi pour occuper tous ses gens, et pour donner le temps à Monsieur de Nemours de se retirer. Quand elle eut fait quelque réflexion, elle pensa qu'elle s'étoit trompée, et que c'étoit un effet de son imagination d'avoir cru voir Monsieur de Nemours. Elle savoit qu'il étoit à Chambort; elle ne trouvoit nulle apparence qu'il eût entrepris une chose si hasardeuse: elle eut envie plusieurs fois de rentrer dans le cabinet, et d'aller voir dans le jardin s'il y avoit quelqu'un. Peut-être souhaitoit-elle autant qu'elle le craignoit d'y trouver Monsieur de Nemours; mais enfin la raison et la prudence l'emportèrent sur tous ses autres sentiments, et elle trouva qu'il valoit mieux demeurer dans le doute où elle étoit, que106 de prendre le hasard de s'en éclaircir. Elle fut longtemps à se résoudre à sortir d'un lieu dont elle pensoit que ce prince étoit peut-être si proche, et il étoit quasi jour quand elle revint au château.

Monsieur de Nemours étoit demeuré dans le jardin tant qu'il avoit vu de la lumière: il n'avoit pu perdre l'espérance de revoir Madame de Clèves, quoiqu'il fût persuadé qu'elle l'avoit reconnu, et qu'elle n'étoit sortie que pour l'éviter; mais, voyant qu'on fermoit les portes, il jugea bien qu'il n'avoit plus rien à espérer. Il vint reprendre son chemin tout proche du lieu où attendoit le gentil-homme de Monsieur de Clèves. Ce gentilhomme le suivit jusqu'au même village d'où il étoit parti le soir. Monsieur de Nemours se résolut d'y passer tout le jour, afin de retourner la nuit à Colomiers, pour voir si Madame de Clèves auroit encore la cruauté de le fuir, ou celle de ne se pas exposer à être vue.

Il attendit la nuit avec impatience; et quand elle fut venue, il reprit le chemin de Colomiers. Le gentilhomme de Monsieur de Clèves, qui s'étoit déguisé afin d'être moins remarqué, le suivit jusqu'au lieu où il l'avoit suivi le soir d'auparavant, et le vit entrer dans le même jardin. Ce prince connut bientôt que Madame de Clèves n'avoit pas voulu hasarder qu'il essayât encore de la voir: toutes les portes étoient fermées. Il tourna de tous les côtés pour découvrir s'il ne verroit point de lumières; mais ce fut inutilement.

Madame de Clèves, s'étant doutée que Monsieur de Nemours pourroit revenir, étoit demeurée dans sa chambre; elle avoit appréhendé de n'avoir pas toujours la force de le fuir, et elle n'avoit pas voulu se mettre au hasard de lui parler d'une manière si peu conforme à la conduite qu'elle avoit eue jusqu'alors.

Quoique Monsieur de Nemours n'eût aucune espérance de la voir, il ne put se résoudre à sortir sitôt d'un lieu où107 elle étoit si souvent. Il passa la nuit entière dans le jardin, et trouva quelque consolation à voir du moins les mêmes objets qu'elle voyoit tous les jours. Le soleil étoit levé devant qu'il pensât à se retirer; mais enfin la crainte d'être découvert l'obligea à s'en aller.

Il lui fut impossible de s'éloigner sans voir Madame de Clèves; et il alla chez Madame de Mercœur, qui étoit alors dans cette maison qu'elle avoit proche de Colomiers. Elle fut extrêmement surprise de l'arrivée de son frère. Il inventa une cause de son voyage assez vrai-semblable pour la tromper, et enfin il conduisit si habilement son dessein, qu'il l'obligea à lui proposer d'elle-même d'aller chez Madame de Clèves. Cette proposition fut exécutée dès le même jour, et Monsieur de Nemours dit à sa sœur qu'il la quitteroit à Colomiers, pour s'en retourner en diligence trouver le Roi. Il fit ce dessein de la quitter à Colomiers, dans la pensée de l'en laisser partir la première; et il crut avoir trouvé un moyen infaillible de parler à Madame de Clèves.

Comme ils arrivèrent, elle se promenoit dans une grande allée qui borde le parterre. La vue de Monsieur de Nemours ne lui causa pas un médiocre trouble, et ne lui laissa plus douter que ce ne fût lui qu'elle avoit vu la nuit précédente. Cette certitude lui donna quelque mouvement de colère, par la hardiesse et l'imprudence qu'elle trouvoit dans ce qu'il avoit entrepris. Ce prince remarqua une impression de froideur sur son visage qui lui donna une sensible douleur. La conversation fut de choses indifférentes, et néanmoins il trouva l'art d'y faire paroître tant d'esprit, tant de complaisance, et tant d'admiration pour Madame de Clèves, qu'il dissipa malgré elle une partie de la froideur qu'elle avoit eue d'abord.

Lorsqu'il se sentit rassuré de sa première crainte, il témoigna une extrême curiosité d'aller voir le pavillon de la108 forêt; il en parla comme du plus agréable lieu du monde, et en fit même une description si particulière, que Madame de Mercœur lui dit qu'il falloit qu'il y eût été plusieurs fois pour en connoître si bien toutes les beautés. "Je ne crois pourtant pas, reprit Madame de Clèves, que Monsieur de Nemours y ait jamais entré; c'est un lieu qui n'est achevé que depuis peu."

"Il n'y a pas longtemps aussi que j'y ai été, reprit Monsieur de Nemours en la regardant, et je ne sais si je ne dois point être bien aise que vous ayez oublié de m'y avoir vu."

Madame de Mercœur, qui regardoit la beauté des jardins, n'avoit point d'attention à ce que disoit son frère. Madame de Clèves rougit, et, baissant les yeux sans regarder Monsieur de Nemours: "Je ne me souviens point, lui dit-elle, de vous y avoir vu; et, si vous y avez été, c'est sans que je l'aie su."

"Il est vrai, Madame, répliqua Monsieur de Nemours, que j'y ai été sans vos ordres, et j'y ai passé les plus doux et les plus cruels moments de ma vie."

Madame de Clèves entendoit trop bien tout ce que disoit ce prince; mais elle n'y répondit point: elle songea à empêcher Madame de Mercœur d'aller dans ce cabinet, parce que le portrait de Monsieur de Nemours y étoit, et qu'elle ne vouloit pas qu'elle l'y vît. Elle fit si bien que le temps se passa insensiblement, et Madame de Mercœur parla de s'en retourner; mais quand Madame de Clèves vit que Monsieur de Nemours et sa sœur ne s'en alloient pas ensemble, elle jugea bien à quoi elle alloit être exposée: elle se trouva dans le même embarras où elle s'étoit trouvée à Paris, et elle prit aussi le même parti. La crainte que cette visite ne fût encore une confirmation des soupçons qu'avoit son mari ne contribua pas peu à la déterminer; et, pour éviter que Monsieur de Nemours ne demeurât seul avec elle, elle dit à Madame de Mercœur qu'elle l'alloit conduire109 jusques au bord de la forêt, et elle ordonna que son carrosse la suivît. La douleur qu'eut ce prince de trouver toujours cette même continuation des rigueurs en Madame de Clèves fut si violente qu'il en pâlit dans le même moment. Madame de Mercœur lui demanda s'il se trouvoit mal; mais il regarda Madame de Clèves, sans que personne s'en aperçût, et il lui fit juger, par ses regards, qu'il n'avoit d'autre mal que son désespoir. Cependant il fallut qu'il les laissât partir sans oser les suivre; et, après ce qu'il avoit dit, il ne pouvoit plus retourner avec sa sœur. Ainsi il revint à Paris, et en partit le lendemain.

Le gentilhomme de Monsieur de Clèves l'avoit toujours observé; il revint aussi à Paris; et, comme il vit Monsieur de Nemours parti pour Chambort, il prit la poste, afin d'y arriver devant lui, et de rendre compte de son voyage. Son maître attendoit son retour comme ce qui alloit décider du malheur de toute sa vie.

Sitôt qu'il le vit, il jugea, par son visage et par son silence, qu'il n'avoit que des choses fâcheuses à lui apprendre. Il demeura quelque temps saisi d'affliction, la tête baissée, sans pouvoir parler; enfin, il lui fit signe de la main de se retirer. "Allez, lui dit-il, je vois ce que vous avez à me dire; mais je n'ai pas la force de l'écouter."

"Je n'ai rien à vous apprendre, lui répondit le gentilhomme, sur quoi on puisse faire de jugement assuré. Il est vrai que Monsieur de Nemours a entré deux nuits de suite dans le jardin de la forêt, et qu'il a été le jour d'après à Colomiers, avec Madame de Mercœur."

"C'est assez, répliqua Monsieur de Clèves, c'est assez, en lui faisant encore signe de se retirer, et je n'ai pas besoin d'un plus grand éclaircissement."

Le gentilhomme fut contraint de laisser son maître abandonné à son désespoir. Il n'y en a peut-être jamais eu un plus violent, et peu d'hommes d'un aussi grand courage et110 d'un cœur aussi passionné que Monsieur de Clèves ont ressenti en même temps la douleur que cause l'infidélité d'une maîtresse et la honte d'être trompé par une femme.

Monsieur de Clèves ne put résister à l'accablement où il se trouva. La fièvre lui prit dès la nuit même, et avec de si grands accidents que dès ce moment sa maladie parut très-dangereuse. On en donna avis à Madame de Clèves: elle vint en diligence. Quand elle arriva, il étoit encore plus mal; elle lui trouva quelque chose de si froid et de si glacé pour elle, qu'elle en fut extrêmement surprise et affligée. Il lui parut même qu'il recevoit avec peine les services qu'elle lui rendoit; mais enfin elle pensa que c'étoit peut-être un effet de sa maladie.

D'abord qu'elle fut à Blois [1], où la Cour étoit alors, Monsieur de Nemours ne put s'empêcher d'avoir de la joie de savoir qu'elle étoit dans le même lieu que lui. Il essaya de la voir, et alla tous les jours chez Monsieur de Clèves, sur le prétexte de savoir de ses nouvelles; mais ce fut inutilement. Elle ne sortoit point de la chambre de son mari, et avoit une douleur violente de l'état où elle le voyoit. Monsieur de Nemours étoit désespéré qu'elle fût si affligée; il jugeoit aisément combien cette affliction renouveloit l'amitié qu'elle avoit pour Monsieur de Clèves, et combien cette amitié faisoit une diversion dangereuse à la passion qu'elle avoit dans le cœur. Ce sentiment lui donna un chagrin mortel pendant quelque temps; mais l'extrémité du mal de Monsieur de Clèves lui ouvrit de nouvelles espérances. Il vit que Madame de Clèves seroit peut-être en liberté de suivre son inclination, et qu'il pourrait trouver dans l'avenir une suite de bonheur et de plaisirs durables. Il ne pouvoit soutenir cette pensée tant elle lui donnoit de trouble et de transports, et il en éloignoit son esprit par la crainte de se trouver trop malheureux s'il venoit à perdre ses espérances.111

Cependant Monsieur de Clèves étoit presque abandonné des médecins. Un des derniers jours de son mal, après avoir passé une nuit très-fâcheuse, il dit, sur le matin, qu'il vouloit reposer. Madame de Clèves demeura seule dans sa chambre. Il lui parut qu'au lieu de reposer, il avoit beaucoup d'inquiétude; elle s'approcha, et se vint mettre à genoux devant son lit, le visage tout couvert de larmes. Monsieur de Clèves avoit résolu de ne lui point témoigner le violent chagrin qu'il avoit contre elle; mais les soins qu'elle lui rendoit, et son affliction, qui lui paroissoit quelquefois véritable, et qu'il regardoit aussi quelquefois comme des marques de dissimulation et de perfidie, lui causoient des sentiments si opposés et si douloureux, qu'il ne les put renfermer en lui-même.

"Vous versez bien des pleurs, Madame, lui dit-il, pour une mort que vous causez et qui ne vous peut donner la douleur que vous faites paroître. Je ne suis plus en état de vous faire des reproches, continua-t-il avec une voix affoiblie par la maladie et par la douleur; mais je meurs du cruel déplaisir que vous m'avez donné. Falloit-il qu'une action aussi extraordinaire que celle que vous aviez faite de me parler à Colomiers eût si peu de suite? Pourquoi m'éclairer sur la passion que vous aviez pour Monsieur de Nemours, si votre vertu n'avoit pas plus d'étendue pour y résister? Je vous aimois jusqu'à être bien aise d'être trompé, je l'avoue à ma honte; j'ai regretté ce faux repos dont vous m'avez tiré. Que [1] ne me laissiez-vous dans cet aveuglement tranquille dont jouissent tant de maris? J'eusse peut-être ignoré toute ma vie que vous aimiez Monsieur de Nemours. Je mourrai, ajouta-t-il; mais sachez que vous me rendez la mort agréable, et qu'après m'avoir ôté l'estime et la tendresse que j'avois pour vous, la vie me feroit horreur. Adieu, Madame. Vous regretterez quelque jour un homme qui vous aimoit d'une passion véritable et légitime. Vous sentirez112 le chagrin que trouvent les personnes raisonnables dans ces engagements, et vous connoîtrez la différence d'être aimée comme je vous aimois, à l'être par des gens qui, en vous témoignant de l'amour, ne cherchent que l'honneur de vous séduire; mais ma mort vous laissera en liberté, ajouta-t-il, et vous pourrez rendre Monsieur de Nemours heureux sans qu'il vous en coûte des crimes. Qu'importe, reprit-il, ce qui arrivera quand je ne serai plus, et faut-il que j'aie la foiblesse d'y jeter les yeux!"

Madame de Clèves étoit si éloignée de s'imaginer que son mari pût avoir des soupçons contre elle, qu'elle écouta toutes ces paroles sans les comprendre et sans avoir d'autre idée, sinon qu'il lui reprochoit son inclination pour Monsieur de Nemours. Enfin, sortant tout d'un coup de son aveuglement: "Moi, des crimes! s'écria-t-elle; la pensée même m'en est inconnue. La vertu la plus austère ne peut inspirer d'autre conduite que celle que j'ai eue, et je n'ai jamais fait d'action dont je n'eusse souhaité que vous eussiez été témoin."

"Eussiez-vous souhaité, répliqua Monsieur de Clèves en la regardant avec dédain, que je l'eusse été des nuits que vous avez passées avec Monsieur de Nemours? Ah! Madame, est-ce de vous dont je parle, [1] quand je parle d'une femme qui a passé des nuits avec un homme?"

"Non, Monsieur, reprit-elle; non, ce n'est pas moi dont vous parlez; je n'ai jamais passé ni de nuits ni de moments avec Monsieur de Nemours; il ne m'a jamais vue en particulier; je ne l'ai jamais souffert ni écouté, et j'en ferois tous les serments."

"N'en dites pas davantage, interrompit Monsieur de Clèves; de faux serments ou un aveu me feroient peut-être une égale peine."

Madame de Clèves ne pouvoit répondre; ses larmes et sa douleur lui ôtoient la parole; enfin, faisant un effort: "Regardez-moi, du moins; écoutez-moi, lui dit-elle; s'il113 n'y alloit que de mon intérêt, [1] je souffrirois ces reproches; mais il y va de votre vie. Écoutez-moi pour l'amour de vous-même; il est impossible qu'avec tant de vérité je ne vous persuade mon innocence."

"Plût à Dieu que vous me la puissiez persuader, s'écria-t-il; mais que me pouvez-vous dire? Monsieur de Nemours n'a-t-il pas été à Colomiers avec sa sœur, et n'avoit-il pas passé les deux nuits précédentes avec vous dans le jardin de la forêt?"

"Si c'est là mon crime, répliqua-t-elle, il m'est aisé de me justifier; je ne vous demande point de me croire; mais croyez tous vos domestiques, et sachez si j'allai dans le jardin de la forêt la veille que Monsieur de Nemours vint à Colomiers, et si je n'en sortis pas le soir d'auparavant deux heures plus tôt que je n'avois accoutumé."

Elle lui conta ensuite comme elle avoit cru voir quelqu'un dans ce jardin; elle lui avoua qu'elle avoit cru que c'étoit Monsieur de Nemours. Elle lui parla avec tant d'assurance, et la vérité se persuade si aisément lors même qu'elle n'est pas vraisemblable, que Monsieur de Clèves fut presque convaincu de son innocence.

"Je ne sais, lui dit-il, si je me dois laisser aller à vous croire: je me sens si proche de la mort, que je ne veux rien voir de ce qui me pourroit faire regretter la vie. Vous m'avez éclairci trop tard; mais ce me sera toujours un soulagement d'emporter la pensée que vous êtes digne de l'estime que j'ai eue pour vous. Je vous prie que je puisse encore avoir la consolation de croire que ma mémoire vous sera chère, et que, s'il eût dépendu de vous, vous eussiez eu pour moi les sentiments que vous avez pour un autre." Il voulut continuer, mais une foiblesse lui ôta la parole. Madame de Clèves fit venir les médecins; ils le trouvèrent presque sans vie. Il languit néanmoins encore quelques jours et mourut enfin avec une constance admirable.114

Madame de Clèves demeura dans une affliction si violente qu'elle perdit quasi l'usage de la raison. La Reine la vint voir avec soin et la mena dans un couvent, sans qu'elle sût où on la conduisoit. Ses belles-sœurs la ramenèrent à Paris, qu'elle n'étoit pas encore en état de sentir distinctement sa douleur. Quand elle commença d'avoir la force de l'envisager, et qu'elle vit quel mari elle avoit perdu, qu'elle considéra qu'elle étoit la cause de sa mort, et que c'étoit par la passion qu'elle avoit eue pour un autre qu'elle en étoit cause, l'horreur qu'elle eut pour elle-même et pour Monsieur de Nemours ne se peut représenter.

Ce prince n'osa, dans ces commencements, lui rendre d'autres soins que ceux que lui ordonnoit la bienséance. Il connoissoit assez Madame de Clèves pour croire qu'un plus grand empressement lui seroit désagréable; mais ce qu'il apprit ensuite lui fit bien voir qu'il devoit avoir longtemps la même conduite.

Un écuyer qu'il avoit lui conta que le gentilhomme de Monsieur de Clèves, qui étoit son ami intime, lui avoit dit, dans sa douleur de la perte de son maître, que le voyage de Monsieur de Nemours à Colomiers étoit cause de sa mort. Monsieur de Nemours fut extrêmement surpris de ce discours; mais, après y avoir fait réflexion, il devina une partie de la vérité, et il jugea bien quels seroient d'abord les sentiments de Madame de Clèves, et quel éloignement elle auroit de lui, si elle croyoit que le mal de son mari eût été causé par la jalousie. Il crut qu'il ne falloit pas même la faire sitôt souvenir de son nom, et il suivit cette conduite, quelque pénible qu'elle lui parût.

Il fit un voyage à Paris, et ne put s'empêcher d'aller néanmoins à sa porte pour apprendre de ses nouvelles. On lui dit que personne ne la voyoit, et qu'elle avoit même défendu qu'on lui rendît compte de ceux qui l'iroient chercher. Peut-être que ces ordres si exacts étoient donnés en115 vue de ce prince et pour ne point entendre parler de lui. Monsieur de Nemours étoit trop amoureux pour pouvoir vivre si absolument privé de la vue de Madame de Clèves. Il résolut de trouver des moyens, quelque difficiles qu'ils pussent être, de sortir d'un état qui lui paroissoit si insupportable.

La douleur de cette princesse passoit les bornes de la raison. Ce mari mourant, et mourant à cause d'elle et avec tant de tendresse pour elle, ne lui sortoit point de l'esprit; elle repassoit incessamment tout ce qu'elle lui devoit, et elle se faisoit un crime de n'avoir pas eu de la passion pour lui, comme si c'eût été une chose qui eût été en son pouvoir. Elle ne trouvoit de consolation qu'à penser qu'elle le regrettoit autant qu'il méritoit d'être regretté, et qu'elle ne feroit, dans le reste de sa vie, que ce qu'il auroit été bien aise qu'elle eût fait s'il avoit vécu. [1]

Elle avoit pensé plusieurs fois comment il avoit su que Monsieur de Nemours étoit venu à Colomiers; elle ne soupçonnoit pas ce prince de l'avoir conté, et il lui paroissoit même indifférent qu'il l'eût redit, tant elle se croyoit guérie et éloignée de la passion qu'elle avoit eue pour lui. Elle sentoit néanmoins une douleur vive de s'imaginer qu'il étoit cause de la mort de son mari, et elle se souvenoit avec peine de la crainte que Monsieur de Clèves lui avoit témoignée en mourant qu'elle ne l'épousât; mais toutes ces douleurs se confondoient dans celle de la perte de son mari, et elle croyoit n'en avoir point d'autre.

Après que plusieurs mois furent passés, elle sortit de cette violente affliction où elle étoit et passa dans un état de tristesse et de langueur. Un jour, ne pouvant demeurer avec elle-même, elle sortit et alla prendre l'air dans un jardin hors des faubourgs, où elle pensoit être seule. Elle crut, en y arrivant, qu'elle ne s'étoit pas trompée; elle ne vit aucune apparence qu'il y eût quelqu'un, et elle se promena assez longtemps.116

Après avoir traversé un petit bois, elle aperçut au bout d'une allée, dans l'endroit le plus reculé du jardin, une manière de cabinet ouvert de tous côtés, où elle adressa ses pas. Comme elle en fut proche, elle vit un homme couché sur des bancs, qui paroissoit enseveli dans une rêverie profonde, et elle reconnut que c'étoit Monsieur de Nemours. Cette vue l'arrêta tout court; mais ses gens, qui la suivoient, firent quelque bruit qui tira Monsieur de Nemours de sa rêverie. Sans regarder qui avoit causé le bruit qu'il avoit entendu, il se leva de sa place pour éviter la compagnie qui venoit vers lui et tourna dans une autre allée, en faisant une révérence fort basse qui l'empêcha même de voir ceux qu'il saluoit.

S'il eût su ce qu'il évitoit, avec quelle ardeur seroit-il retourné sur ses pas! Mais il continua à suivre l'allée, et Madame de Clèves le vit sortir par une porte de derrière où l'attendoit son carrosse. Quel effet produisit cette vue d'un moment dans le cœur de Madame de Clèves! Quelle passion endormie se ralluma dans son cœur, et avec quelle violence! Elle s'alla asseoir dans le même endroit d'où venoit de sortir Monsieur de Nemours; elle y demeura comme accablée. Ce prince se présenta à son esprit, aimable au-dessus de tout ce qui étoit au monde, l'aimant depuis longtemps avec une passion pleine de respect et de fidélité, méprisant tout pour elle, respectant jusqu'à sa douleur, songeant à la voir sans songer à en être vu, quittant la Cour, dont il faisoit les délices, pour venir rêver dans des lieux où il ne pouvoit prétendre de la rencontrer, enfin un homme digne d'être aimé par son seul attachement, et pour qui elle avoit une inclination si violente, qu'elle l'auroit aimé quand il ne l'auroit pas aimée; mais de plus, un homme d'une qualité élevée et convenable à la sienne. Plus de devoir, plus de vertu, [1] qui s'opposassent à ses sentiments: tous les obstacles étoient117 levés, et il ne restoit de leur état passé que la passion de Monsieur de Nemours pour elle et que celle qu'elle avoit pour lui.

Toutes ces idées furent nouvelles à cette princesse. L'affliction de la mort de Monsieur de Clèves l'avoit assez occupée pour avoir empêché qu'elle n'y eût jeté les yeux. La présence de Monsieur de Nemours les amena en foule dans son esprit; mais, quand il en eut été pleinement rempli et qu'elle se souvint aussi que ce même homme qu'elle regardoit comme pouvant l'épouser étoit celui qu'elle avoit aimé du vivant de son mari et qui étoit la cause de sa mort; que même en mourant il lui avoit témoigné de la crainte qu'elle ne l'épousât, son austère vertu étoit si blessée de cette imagination, qu'elle ne trouvoit guère moins de crime à épouser Monsieur de Nemours, qu'elle en avoit trouvé à l'aimer pendant la vie de son mari. Elle s'abandonna à ses réflexions si contraires à son bonheur; elle les fortifia encore de plusieurs raisons qui regardoient son repos et les maux qu'elle prévoyoit en épousant ce prince. Enfin, après avoir demeuré deux heures dans le lieu où elle étoit, elle s'en revint chez elle, persuadée qu'elle devoit fuir sa vue comme une chose entièrement opposée à son devoir.

Mais cette persuasion, qui étoit un effet de sa raison et de sa vertu, n'entraînoit pas son cœur. Il demeuroit attaché à Monsieur de Nemours avec une violence qui la mettoit dans un état digne de compassion et qui ne lui laissa plus de repos. Elle passa une des plus cruelles nuits qu'elle eût jamais passé.

Cependant, lassé d'un état si malheureux et si incertain, Monsieur de Nemours résolut de tenter quelque voie d'éclaircir sa destinée. "Que veux-je attendre? disoit-il, il y a longtemps que je sais que j'en suis aimé; elle est libre, elle n'a plus de devoir à m'opposer; pourquoi me réduire à118 la voir sans en être vu et sans lui parler? Est-il possible que l'amour m'ait si absolument ôté la raison et la hardiesse, et qu'il m'ait rendu si différent de ce que j'ai été dans les autres passions de ma vie? J'ai dû respecter la douleur de Madame de Clèves; mais je la respecte trop longtemps et je lui donne le loisir d'éteindre l'inclination qu'elle a pour moi."

Après ces réflexions il songea aux moyens dont il devoit se servir pour la voir. Il crut qu'il n'y avoit plus rien qui l'obligeât à cacher sa passion au vidame de Chartres; il résolut de lui en parler et de lui dire le dessein qu'il avoit pour sa nièce.

Le Vidame étoit alors à Paris; tout le monde y étoit venu donner ordre à son équipage et à ses habits pour suivre le Roi, qui devoit conduire la Reine d'Espagne. Monsieur de Nemours alla donc chez le Vidame et lui fit un aveu sincère de tout ce qu'il lui avoit caché jusque alors, à la réserve des sentiments de Madame de Clèves, dont il ne voulut pas paroître instruit.

Le Vidame reçut tout ce qu'il lui dit avec beaucoup de joie et l'assura que, sans savoir ses sentiments, il avoit souvent pensé, depuis que Madame de Clèves étoit veuve, qu'elle étoit la seule personne digne de lui. Monsieur de Nemours le pria de lui donner les moyens de lui parler et de savoir quelles étoient ses dispositions.

Le Vidame lui proposa de le mener chez elle; mais Monsieur de Nemours crut qu'elle en seroit choquée, parce qu'elle ne voyoit encore personne. Ils trouvèrent qu'il falloit que Monsieur le Vidame la priât de venir chez lui, sur quelque prétexte, et que Monsieur de Nemours y vînt par un escalier dérobé, afin de n'être vu de personne. Cela s'exécuta comme ils l'avoient résolu: Madame de Clèves vint; le Vidame l'alla recevoir et la conduisit dans un grand cabinet au bout de son appartement; quelque temps après119 Monsieur de Nemours entra, comme si le hasard l'eût conduit. Madame de Clèves fut extrêmement surprise de le voir; elle rougit et essaya de cacher sa rougeur. Le Vidame parla d'abord de choses indifférentes et sortit, supposant [1] qu'il avoit quelque ordre à donner. Il dit à Madame de Clèves qu'il la prioit de faire les honneurs de chez lui et qu'il alloit rentrer dans un moment.

L'on ne peut exprimer ce que sentirent Monsieur de Nemours et Madame de Clèves de se trouver seuls et en état de se parler pour la première fois. Ils demeurèrent quelque temps sans rien dire; enfin Monsieur de Nemours rompant le silence: "Pardonnerez-vous à Monsieur de Chartres, Madame, lui dit-il, de m'avoir donné l'occasion de vous voir et de vous entretenir, que vous m'avez toujours si cruellement ôtée?"

"Je ne lui dois pas pardonner, répondit-elle, d'avoir oublié l'état où je suis et à quoi il expose ma réputation." En prononçant ces paroles elle voulut s'en aller, et Monsieur de Nemours la retenant: "Ne craignez rien, Madame, répliqua-t-il, personne ne sait que je suis ici, et aucun hasard n'est à craindre. Écoutez-moi, Madame, écoutez-moi; si ce n'est par bonté, que ce soit du moins pour l'amour de vous-même, et pour vous délivrer des extravagances où m'emporteroit infailliblement une passion dont je ne suis plus le maître."

Madame de Clèves céda pour la première fois au penchant qu'elle avoit pour Monsieur de Nemours, et le regardant avec des yeux pleins de douceur et de charmes: "Mais qu'espérez-vous, lui dit-elle, de la complaisance que vous me demandez? Vous vous repentirez peut-être de l'avoir obtenue, et je me repentirai infailliblement de vous l'avoir accordée. Vous méritez une destinée plus heureuse que celle que vous avez eue jusqu'ici, et que celle que vous pouvez trouver à l'avenir, à moins que vous ne la cherchiez ailleurs."120

"Moi, Madame, lui dit-il, chercher du bonheur ailleurs! Et y en a-t-il d'autre que d'être aimé de vous? Quoique je ne vous aie jamais parlé, je ne saurois croire, Madame, que vous ignoriez ma passion, et que vous ne la connoissiez pour la plus véritable et la plus violente qui sera jamais. À quelle épreuve a-t-elle été par des choses qui vous sont inconnues, et à quelle épreuve l'avez-vous mise par vos rigueurs!"

"Puisque vous voulez que je vous parle, et que je m'y résous, répondit Madame de Clèves en s'asseyant, je le ferai avec une sincérité que vous trouverez malaisément dans les personnes de mon sexe. Je ne vous dirai point que je n'aie pas vu l'attachement que vous avez eu pour moi; peut-être ne me croiriez-vous pas quand je vous le dirois; je vous avoue donc, non-seulement que je l'ai vu, mais que je l'ai vu tel que vous pouvez souhaiter qu'il m'ait paru."

"Et si vous l'avez vu, Madame, interrompit-il, est-il possible que vous n'en ayez point été touchée, et oserois-je vous demander s'il n'a fait aucune impression dans votre cœur?"

"Vous en avez dû juger par ma conduite, répliqua-t-elle; mais je voudrois bien savoir ce que vous en avez pensé."

"Il faudroit que je fusse dans un état plus heureux pour vous l'oser dire, répliqua-t-il; et ma destinée a trop peu de rapport à ce que je vous dirois. Tout ce que je puis vous apprendre, Madame, c'est que j'ai souhaité ardemment que vous n'eussiez pas avoué à Monsieur de Clèves ce que vous me cachiez, et que vous lui eussiez caché ce que vous m'eussiez laissé voir."

"Comment avez-vous pu découvrir, reprit-elle en rougissant, que j'aie avoué quelque chose à Monsieur de Clèves?"

"Je l'ai su par vous-même, Madame, répondit-il; mais, pour me pardonner la hardiesse que j'ai eue de vous écouter, souvenez-vous si j'ai abusé de ce que j'ai entendu, si mes espérances en ont augmenté, et si j'ai eu plus de hardiesse à vous parler."121

Il commença à lui conter comme il avoit entendu sa conversation avec Monsieur de Clèves; mais elle l'interrompit avant qu'il eût achevé. "Ne m'en dites pas davantage, lui dit-elle; je vois présentement par où vous avez été si bien instruit; vous ne me le parûtes déjà que trop chez Madame la Dauphine, qui avoit su cette aventure par ceux à qui vous l'aviez confiée."

Monsieur de Nemours lui apprit alors de quelle sorte la chose étoit arrivée. "Ne vous excusez point, reprit-elle; il y a longtemps que je vous ai pardonné, sans que vous m'ayez dit de raison; mais puisque vous avez appris par moi-même ce que j'avois eu dessein de vous cacher toute ma vie, je vous avoue que vous m'avez inspiré des sentiments qui m'étoient inconnus devant que de vous avoir vu, et dont j'avois même si peu d'idée qu'ils me donnèrent d'abord une surprise qui augmentoit encore le trouble qui les suit toujours. Je vous fais cet aveu avec moins de honte, parce que je le fais dans un temps où je le puis faire sans crime, et que vous avez vu que ma conduite n'a pas été réglée par mes sentiments."

"Croyez-vous, Madame, lui dit Monsieur de Nemours en se jetant à ses genoux, que je n'expire pas à vos pieds de joie et de transport?"

"Je ne vous apprends, lui répondit-elle en souriant, que ce que vous ne saviez déjà que trop."

"Ah! Madame, répliqua-t-il, quelle différence de le savoir par un effet du hasard, ou de l'apprendre par vous-même, et de voir que vous voulez bien que je le sache!"

"Il est vrai, lui dit-elle, que je veux bien que vous le sachiez, et que je trouve de la douceur à vous le dire. Je ne sais même si je ne vous le dis point plus pour l'amour de moi que pour l'amour de vous: car, enfin, cet aveu n'aura point de suite, et je suivrai les règles austères que mon devoir m'impose."122

"Vous n'y songez pas, Madame, répondit Monsieur de Nemours; il n'y a plus de devoir qui vous lie; vous êtes en liberté, et, si j'osois, je vous dirois même qu'il dépend de vous de faire en sorte que votre devoir vous oblige un jour à conserver les sentiments que vous avez pour moi."

"Mon devoir, répliqua-t-elle, me défend de penser jamais à personne, et moins à vous qu'à qui que ce soit au monde, par des raisons qui vous sont inconnues."

"Elles ne me le sont peut-être pas, Madame, reprit-il; mais ce ne sont point de véritables raisons. Je crois savoir que Monsieur de Clèves m'a cru plus heureux que je n'étois, et qu'il s'est imaginé que vous aviez approuvé des extravagances que la passion m'a fait entreprendre sans votre aveu."

"Ne parlons point de cette aventure, lui dit-elle; je n'en saurais soutenir la pensée; elle me fait honte, et elle m'est aussi trop douloureuse par les suites qu'elle a eues. Il n'est que trop véritable que vous êtes cause de la mort de Monsieur de Clèves: les soupçons que lui a donnés votre conduite inconsidérée lui ont coûté la vie comme si vous la lui aviez ôtée de vos propres mains. Voyez ce que je devrois faire si vous en étiez venus ensemble à ces extrémités, et que le même malheur en fût arrivé. Je sais bien que ce n'est pas la même chose à l'égard du monde; mais, au mien, il n'y a aucune différence, puisque je sais que c'est par vous qu'il est mort, et que c'est à cause de moi."

"Ah! Madame, lui dit Monsieur de Nemours, quel fantôme de devoir opposez-vous à mon bonheur! Quoi! Madame, une pensée vaine et sans fondement vous empêchera [1] de rendre heureux un homme que vous ne haïssez pas! Quoi! j'aurois pu concevoir l'espérance de passer ma vie avec vous; ma destinée m'auroit conduit à aimer la plus estimable personne du monde; j'aurois vu en elle tout ce qui peut faire une adorable maîtresse; elle ne m'auroit123 pas haï, et je n'aurois trouvé dans sa conduite que tout ce qui peut être à désirer dans une femme! Car enfin, Madame, vous êtes peut-être la seule personne en qui ces deux choses se soient jamais trouvées au degré qu'elles sont en vous: tous ceux qui épousent des maîtresses dont ils sont aimés tremblent en les épousant et regardent avec crainte, par rapport aux autres, la conduite qu'elles ont eue avec eux; mais en vous, Madame, rien n'est à craindre, et on ne trouve que des sujets d'admiration. N'aurois-je envisagé, dis-je, une si grande félicité, que pour vous y voir apporter vous-même des obstacles? Ah! Madame, vous oubliez que vous m'avez distingué du reste des hommes: ou plutôt vous ne m'en avez jamais distingué; vous vous êtes trompée, et je me suis flatté."

"Vous ne vous êtes point flatté, lui répondit-elle; les raisons de mon devoir ne me paroîtroient peut-être pas si fortes sans cette distinction dont vous vous doutez, et c'est elle qui me fait envisager des malheurs à m'attacher à vous."

"Je n'ai rien à répondre, Madame, reprit-il, quand vous me faites voir que vous craignez des malheurs; mais je vous avoue qu'après tout ce que vous avez bien voulu me dire, je ne m'attendois pas à trouver une si cruelle raison."

"Elle est si peu offensante pour vous, reprit Madame de Clèves, que j'ai même beaucoup de peine à vous l'apprendre."

"Hélas! Madame, répliqua-t-il, que pouvez-vous craindre qui me flatte trop, après ce que vous venez de me dire?"

"Je veux vous parler encore avec la même sincérité que j'ai déjà commencé, reprit-elle, et je vais passer par dessus toute la retenue et toutes les délicatesses que je devrois avoir dans une première conversation; mais je vous conjure de m'écouter sans m'interrompre.

"Je crois devoir à votre attachement la foible récompense de ne vous cacher aucun de mes sentiments et de vous les124 laisser voir tels qu'ils sont. Ce sera apparemment la seule fois de ma vie que je me donnerai la liberté de vous les faire paroître; néanmoins, je ne saurois vous avouer sans honte que la certitude de n'être plus aimée de vous comme je le suis me paroît un si horrible malheur, que, quand je n'aurois point des raisons de devoir insurmontables, je doute si je pourrois me résoudre à m'exposer à ce malheur. Je sais que vous êtes libre, que je le suis et que les choses sont d'une sorte que le public n'auroit peut-être pas sujet de vous blâmer ni moi non plus, quand nous nous engagerions ensemble pour jamais; mais les hommes conservent-ils de la passion dans ces engagements éternels? Dois-je espérer un miracle en ma faveur, et puis-je me mettre en état de voir certainement finir cette passion dont je ferois toute ma félicité? Monsieur de Clèves étoit peut-être l'unique homme du monde capable de conserver de l'amour dans le mariage. Ma destinée n'a pas voulu que j'aie pu profiter de ce bonheur; peut-être aussi que sa passion n'avoit subsisté que parce qu'il n'en avoit pas trouvé en moi. Mais je n'aurois pas le même moyen de conserver la vôtre; je crois même que les obstacles ont fait votre constance; vous en avez assez trouvé pour vous animer à vaincre, et mes actions involontaires ou les choses que le hasard vous a appris vous ont donné assez d'espérance pour ne vous pas rebuter."

"Ah! Madame, reprit Monsieur de Nemours, je ne saurois garder le silence que vous m'imposez: vous me faites trop d'injustice, et vous me faites trop voir combien vous êtes éloignée d'être prévenue en ma faveur."

"J'avoue, répondit-elle, que les passions peuvent me conduire, mais elles ne sauroient m'aveugler; rien ne me peut empêcher de connoître que vous êtes né avec toutes les dispositions pour la galanterie et toutes les qualités qui sont propres à y donner des succès heureux. Vous avez déjà eu plusieurs passions; vous en auriez encore; je ne125 ferois plus votre bonheur; je vous verrais pour une autre comme vous auriez été pour moi; j'en aurais une douleur mortelle, et je ne serois pas même assurée de n'avoir point le malheur de la jalousie. Je vous en ai trop dit pour vous cacher que vous me l'avez fait connoître, et que je souffris de si cruelles peines le soir que la Reine me donna cette lettre de Madame de Thémines, que l'on disoit qui s'adressoit à vous, qu'il m'en est demeuré une idée qui me fait croire que c'est le plus grand de tous les maux. Par vanité ou par goût, toutes les femmes souhaitent de vous attacher; il y en a peu à qui vous ne plaisiez; mon expérience me feroit croire qu'il n'y en a point à qui vous ne puissiez plaire. Je vous croirais toujours amoureux et aimé, et je ne me tromperois pas souvent. Dans cet état, néanmoins, je n'aurais d'autre parti à prendre que celui de la souffrance; je ne sais même si j'oserois me plaindre. On fait des reproches à un amant, mais en fait-on à un mari quand on n'a qu'à lui reprocher de n'avoir plus d'amour? Quand pourrois-je m'accoutumer à cette sorte de malheur, pourrois-je m'accoutumer à celui de croire voir toujours Monsieur de Clèves vous accuser de sa mort, me reprocher de vous avoir aimé, de vous avoir épousé, et me faire sentir la différence de son attachement au vôtre? Il est impossible, continua-t-elle, de passer par dessus des raisons si fortes: il faut que je demeure dans l'état où je suis, et dans les résolutions que j'ai prises de n'en sortir jamais."

"Hé! croyez-vous le pouvoir, Madame? s'écria Monsieur de Nemours. Pensez-vous que vos résolutions tiennent contre un homme qui vous adore et qui est assez heureux pour vous plaire? Il est plus difficile que vous ne pensez, Madame, de résister à ce qui nous plaît et à ce qui nous aime. Vous l'avez fait par une vertu austère, qui n'a presque point d'exemple; mais cette vertu ne s'oppose plus à vos sentiments, et j'espère que vous les suivrez malgré vous."126

"Je sais bien qu'il n'y a rien de plus difficile que ce que j'entreprends, répliqua Madame de Clèves; je me défie de mes forces, au milieu de mes raisons; ce que je crois devoir à la mémoire de Monsieur de Clèves seroit foible, s'il n'étoit soutenu par l'intérêt de mon repos; et les raisons de mon repos ont besoin d'être soutenues de celles de mon devoir; mais, quoique je me défie de moi-même, je crois que je ne vaincrai jamais mes scrupules, et je n'espère pas aussi de surmonter l'inclination que j'ai pour vous. Elle me rendra malheureuse, et je me priverai de votre vue, quelque violence qu'il m'en coûte. Je vous conjure, par tout le pouvoir que j'ai sur vous, de ne chercher aucune occasion de me voir. Je suis dans un état qui me fait des crimes de tout ce qui pourroit être permis dans un autre temps, et la seule bienséance interdit tout commerce entre nous."

Monsieur de Nemours se jeta à ses pieds et s'abandonna à tous les divers mouvements dont il étoit agité. Il lui fit voir, par ses paroles et par ses pleurs, la plus vive et la plus tendre passion dont un cœur ait jamais été touché. Celui de Madame de Clèves n'étoit pas insensible; et, regardant ce prince avec des yeux un peu grossis par les larmes: "Pourquoi faut-il, s'écria-t-elle, que je vous puisse accuser de la mort de Monsieur de Clèves? Que n'ai-je commencé à vous connoître depuis que je suis libre, ou pourquoi ne vous ai-je pas connu devant que d'être engagée? Pourquoi la destinée nous sépare-t-elle par un obstacle si invincible?"

"Il n'y a point d'obstacle, Madame, reprît Monsieur de Nemours: vous seule vous opposez à mon bonheur; vous seule vous imposez une loi que la vertu et la raison ne vous sauroient imposer."

"Il est vrai, répliqua-t-elle, que je sacrifie beaucoup à un devoir qui ne subsiste que dans mon imagination. Attendez ce que le temps pourra faire: Monsieur de Clèves ne fait encore que d'expirer, [1] et cet objet funeste est trop proche127 pour me laisser des vues claires et distinctes. Ayez cependant le plaisir de vous être fait aimer d'une personne qui n'auroit rien aimé, si elle ne vous avoit jamais vu; croyez que les sentiments que j'ai pour vous seront éternels et qu'ils subsisteront également, quoi que je fasse. Adieu, lui dit-elle; voici une conversation qui me fait honte; rendez-en compte à Monsieur le Vidame: j'y consens et je vous en prie."

Elle sortit en disant ces paroles, sans que Monsieur de Nemours pût la retenir. Elle trouva Monsieur le Vidame dans la chambre la plus proche. Il la vit si troublée qu'il n'osa lui parler, et il la remit en son carrosse sans lui rien dire. Il revint trouver Monsieur de Nemours, qui étoit si plein de joie, de tristesse, d'étonnement et d'admiration, enfin, de tous les sentiments que peut donner une passion pleine de crainte et d'espérance, qu'il n'avoit pas l'usage de la raison. Le Vidame fut longtemps à obtenir qu'il lui rendît compte de sa conversation. Il le fit enfin, et Monsieur de Chartres, sans être amoureux, n'eut pas moins d'admiration pour la vertu, l'esprit et le mérite de Madame de Clèves, que Monsieur de Nemours en avoit lui-même. Ils examinèrent ce que ce prince devoit espérer de sa destinée, et quelques craintes que son amour lui pût donner, il demeura d'accord avec Monsieur le Vidame qu'il étoit impossible que Madame de Clèves demeurât dans les résolutions où elle étoit. Ils convinrent néanmoins qu'il falloit suivre ses ordres, de crainte que, si le public s'apercevoit de l'attachement qu'il avoit pour elle, elle ne fît des déclarations et ne prît engagement [1] vers le monde, qu'elle soutiendroit dans la suite par la peur qu'on ne crût qu'elle l'eût aimé du vivant de son mari.

Monsieur de Nemours se détermina à suivre le Roi. C'étoit un voyage dont il ne pouvoit aussi bien se dispenser, et il résolut à s'en aller, sans tenter même de revoir Madame128 de Clèves, du lieu où il l'avoit vue quelquefois. Il pria Monsieur le Vidame de lui parler. Que ne lui dit-il point pour lui redire! Quel nombre infini de raisons pour la persuader de vaincre ses scrupules! Enfin, une partie de la nuit étoit passée devant que Monsieur de Nemours songeât à le laisser en repos.

Madame de Clèves n'étoit pas en état d'en trouver; ce lui étoit une chose si nouvelle d'être sortie de cette contrainte qu'elle s'étoit imposée, d'avoir souffert pour la première fois de sa vie qu'on lui dît qu'on étoit amoureux d'elle, et d'avoir dit d'elle-même qu'elle aimoit, qu'elle ne se connoissoit plus. Elle fut étonnée de ce qu'elle avoit fait; elle s'en repentit; elle en eut de la joie; tous ses sentiments étoient pleins de trouble et de passion. Elle examina encore les raisons de son devoir, qui s'opposoient à son bonheur; elle sentit de la douleur de les trouver si fortes, et se repentit de les avoir si bien montrées à Monsieur de Nemours. Quoique la pensée de l'épouser lui fût venue dans l'esprit sitôt qu'elle l'avoit revu dans ce jardin, elle ne lui avoit pas fait la même impression que venoit de faire la conversation qu'elle avoit eue avec lui, et il y avoit des moments où elle avoit de la peine à comprendre qu'elle pût être malheureuse en l'épousant. Elle eût bien voulu se pouvoir dire qu'elle étoit mal fondée, et dans ses scrupules du passé, et dans ses craintes de l'avenir.

La raison et son devoir lui montraient, dans d'autres moments, des choses tout opposées, qui l'emportoient rapidement à la résolution de ne se point remarier et de ne voir jamais Monsieur de Nemours; mais c'étoit une résolution bien violente à établir dans un cœur aussi touché que le sien et aussi nouvellement abandonné aux charmes de l'amour. Enfin, pour se donner quelque calme, elle pensa qu'il n'étoit point encore nécessaire qu'elle se fît la violence de prendre des résolutions; la bienséance lui donnoit un129 temps considérable à se déterminer; mais elle résolut de demeurer ferme à n'avoir aucun commerce avec Monsieur de Nemours.

Le Vidame la vint voir et servit ce prince avec tout l'esprit et l'application imaginables. Il ne la put faire changer sur sa conduite ni sur celle qu'elle avoit imposée à Monsieur de Nemours. Elle lui dit que son dessein étoit de demeurer dans l'état où elle se trouvoit; qu'elle connoissoit que ce dessein étoit difficile à exécuter, mais qu'elle espéroit d'en avoir la force. Elle lui fit si bien voir à quel point elle étoit touchée de l'opinion que Monsieur de Nemours avoit causé la mort à son mari, et combien elle étoit persuadée qu'elle feroit une action contre son devoir en l'épousant, que le Vidame craignit qu'il ne fût malaisé de lui ôter cette impression. Il ne dit pas à ce prince ce qu'il pensoit; et, en lui rendant compte de sa conversation, il lui laissa toute l'espérance que la raison doit donner à un homme qui est aimé.

Ils partirent le lendemain, et allèrent joindre le Roi. Monsieur le Vidame écrivit à Madame de Clèves, à la prière de Monsieur de Nemours, pour lui parler de ce prince; et, dans une seconde lettre, qui suivit bientôt la première, Monsieur de Nemours y mit quelques lignes de sa main. Mais Madame de Clèves, qui ne vouloit pas sortir des règles qu'elle s'étoit imposées, et qui craignoit les accidents qui peuvent arriver par les lettres, manda au Vidame qu'elle ne recevroit plus les siennes, s'il continuoit à lui parler de Monsieur de Nemours; et elle le lui manda si fortement, que ce prince le pria même de ne le plus nommer.

La Cour alla conduire la Reine d'Espagne jusqu'en Poitou. Pendant cette absence, Madame de Clèves demeura à elle-même; et, à mesure qu'elle étoit éloignée de Monsieur de Nemours et de tout ce qui l'en pouvoit faire souvenir, elle130 rappeloit la mémoire de Monsieur de Clèves, qu'elle se faisoit un honneur de conserver. Les raisons qu'elle avoit de ne point épouser Monsieur de Nemours lui paroissoient fortes du côté de son devoir, et insurmontables du côté de son repos. La fin de l'amour de ce prince et les maux de la jalousie, qu'elle croyoit infaillibles dans un mariage, lui montroient un malheur certain où elle s'alloit jeter; mais elle voyoit aussi qu'elle entreprenoit une chose impossible, que de résister en présence au plus aimable homme du monde, qu'elle aimoit et dont elle étoit aimée, et de lui résister sur une chose qui ne choquoit ni la vertu ni la bienséance. Elle jugea que l'absence seule et l'éloignement pouvoient lui donner quelque force; elle trouva qu'elle en avoit besoin, non-seulement pour soutenir la résolution de ne se pas engager, mais même pour se défendre de voir Monsieur de Nemours, et elle résolut de faire un assez long voyage pour passer tout le temps que la bienséance l'obligeoit à vivre dans la retraite. De grandes terres qu'elle avoit vers les Pyrénées lui parurent le lieu le plus propre qu'elle pût choisir. Elle partit peu de jours avant que la Cour revînt; et, en partant, elle écrivit à Monsieur le Vidame pour le conjurer que l'on ne songeât point à avoir de ses nouvelles ni à lui écrire.

Monsieur de Nemours fut affligé de ce voyage comme un autre l'auroit été de la mort de sa maîtresse. La pensée d'être privé pour longtemps de la vue de Madame de Clèves lui étoit une douleur sensible, et surtout dans un temps où il avoit senti le plaisir de la voir, et de la voir touchée de sa passion. Cependant, il ne pouvoit faire autre chose que s'affliger; mais son affliction augmenta considérablement. Madame de Clèves, dont l'esprit avoit été si agité, tomba dans une maladie violente sitôt qu'elle fut arrivée chez elle; cette nouvelle vint à la Cour. Monsieur de Nemours étoit inconsolable: sa douleur alloit au désespoir et à l'extravagance.131 Le Vidame eut beaucoup de peine à l'empêcher de faire voir sa passion au public; il en eut beaucoup aussi à le retenir et à lui ôter le dessein d'aller lui-même apprendre de ses nouvelles. La parenté et l'amitié de Monsieur le Vidame fut un prétexte à y envoyer plusieurs courriers. On sut enfin qu'elle étoit hors de cet extrême péril où elle avoit été, mais elle demeura dans une maladie de langueur qui ne laissoit guère d'espérance de sa vie.

Cette vue si longue et si prochaine de la mort fit paroître à Madame de Clèves les choses de cette vie de cet œil si différent dont [1] on les voit dans la santé. La nécessité de mourir, dont elle se voyoit si proche, l'accoutuma à se détacher de toutes choses, et la longueur de sa maladie lui en fit une habitude. Lorsqu'elle revint de cet état, elle trouva néanmoins que Monsieur de Nemours n'étoit pas effacé de son cœur, mais elle appela à son secours, pour se défendre contre lui, toutes les raisons qu'elle croyoit avoir pour ne l'épouser jamais. Il se passa un assez grand combat en elle-même; enfin elle surmonta les restes de cette passion, qui étoit affoiblie par les sentiments que sa maladie lui avoit donnés. Les pensées de la mort lui avoient reproché la mémoire de Monsieur de Clèves. Ce souvenir, qui s'accordoit à son devoir, s'imprima fortement dans son cœur. Les passions et les engagements du monde lui parurent tels qu'ils paroissent aux personnes qui ont des vues plus grandes et plus éloignées. Sa santé, qui demeura considérablement affoiblie, lui aida à conserver ces sentiments; mais, comme elle connoissoit ce que peuvent les occasions sur les résolutions les plus sages, elle ne voulut pas s'exposer à détruire les siennes ni revenir dans les lieux où étoit ce qu'elle avoit aimé. Elle se retira, sur le prétexte de changer d'air, dans une maison religieuse, sans faire paroître un dessein arrêté de renoncer à la Cour.132

À la première nouvelle qu'en eut Monsieur de Nemours, il sentit le poids de cette retraite, et il en vit l'importance. Il crut dans ce moment qu'il n'avoit plus rien à espérer. La perte de ses espérances ne l'empêcha pas de mettre tout en usage pour faire revenir Madame de Clèves; il fit écrire la Reine, il fit écrire le Vidame, il l'y fit aller, mais tout fut inutile. Le Vidame la vit; elle ne lui dit point qu'elle eût pris de résolution; il jugea néanmoins qu'elle ne reviendroit jamais. Enfin, Monsieur de Nemours y alla lui-même sur le prétexte d'aller à des bains. Elle fut extrêmement troublée et surprise d'apprendre sa venue. Elle lui fit dire par une personne de mérite qu'elle aimoit, et qu'elle avoit alors auprès d'elle, qu'elle le prioit de ne pas trouver étrange si elle ne s'exposoit point au péril de le voir, et de détruire par sa présence des sentiments qu'elle devoit conserver; qu'elle vouloit bien qu'il sût qu'ayant trouvé que son devoir et son repos s'opposoient au penchant qu'elle avoit d'être à lui, les autres choses du monde lui avoient paru si indifférentes qu'elle y avoit renoncé pour jamais; qu'elle ne pensoit plus qu'à celles de l'autre vie, et qu'il ne lui restoit aucun sentiment que le désir de le voir dans les mêmes dispositions où elle étoit.

Monsieur de Nemours pensa expirer de douleur en présence de celle qui lui parloit. Il la pria vingt fois de retourner à Madame de Clèves, afin de faire en sorte qu'il la vît; mais cette personne lui dit que Madame de Clèves lui avoit non-seulement défendu de lui aller redire aucune chose de sa part, mais même de lui rendre compte de leur conversation. Il fallut enfin que ce prince repartît, aussi accablé de douleur que le pouvoit être un homme qui perdoit toutes sortes d'espérances de revoir jamais une personne qu'il aimoit d'une passion la plus violente, la plus naturelle et la mieux fondée qui ait jamais été. Néanmoins il ne se rebuta point encore, et il fit tout ce qu'il put imaginer de133 capable de la faire changer de dessein. Enfin, des années entières s'étant passées, le temps et l'absence ralentirent sa douleur et éteignirent sa passion. Madame de Clèves vécut d'une sorte qui ne laissa pas d'apparence qu'elle pût jamais revenir; elle passoit une partie de l'année dans cette maison religieuse, et l'autre chez elle, mais dans une retraite et dans des occupations plus saintes que celles des couvents les plus austères; et sa vie, qui fut assez courte, laissa des exemples de vertu inimitables.134

NOTES.

FIRST PART.

Page 1.—1. Henry II., son of Francis I. and Claude de France, was born at Saint Germain-en-Laye, March 31, 1519. Upon his accession to the throne of France in 1547, he filled the Court with favorites of his own, among whom the highest position was occupied by Diana of Poitiers (see page 8, note 1). Although he continued his father's persistent persecution of the French Protestants, he was, at the same time, at the head of the league of Protestant princes opposed to Charles V. In this conflict he was successful and took Toul, Metz, and Verdun from Germany in 1552. After the accession of Philip II. to the throne of Spain, the war against the French was carried on with varying success for seven years. In 1558, after the Battle of Gravelines, proposals of peace were made and the treaty was signed at Câteau-Cambrésis, April 3, 1559. Henry II. was shortly after wounded in a tournament, and died on July 10, 1559.

2. Madame Elisabeth de France (1543-1568) was the daughter of Henry II. and Catherine de Medici. She was promised in marriage to Edward VI. of England, but the latter died before attaining his majority. Philip II. of Spain sought her as a match for his son, Don Carlos; but in the meantime his wife, Mary of England, died, and he demanded and obtained the princess for himself. The romantic attachment of Don Carlos to her is vividly depicted in Schiller's drama, though it must be borne in mind that Schiller's picture is very far from being an accurate historical representation. Her death took place shortly after that of Don Carlos. "She was," says Brantôme, "the best princess of her time, and was loved by every one. She was extremely beautiful, and to this she joined a demeanor of incomparable majesty. She was endowed with a lively understanding and was a great lover of poetry and the arts."

3. Marie Stuart (1542-1587) was born at Linlithgow, a small town not far from Edinburgh. She was the daughter of James V. of Scotland by his second wife, Mary of Lorraine. Henry VIII. desired her as a match for136 the Prince of Wales, but her mother favored a marriage with the Dauphin, afterwards Francis II. She accordingly set out for France in 1548 and the marriage took place on April 24,

1558. From this time until the death of Henry II., Francis and Mary Stuart were called *le Roi Dauphin* and *la Reine Dauphine* respectively. The young princess soon drew upon herself the enmity of her mother-in-law, Catherine de Medici, and shortly after her husband's death she left for Scotland (August 15, 1561). Her checkered career from this time on is well known.

4. Monsieur le Dauphin, Francis (afterwards Francis II.), son of Henry II., was born at Fontainebleau, January 19, 1543. He was married to Mary Stuart in 1558 and the next year ascended the throne of France. Owing to his weak health and mental incapacity the affairs of the kingdom fell into the hands of the Guises, uncles of Mary Stuart. This led to great discontent among the people, which was aggravated by the fierce religious factions of the times. The young ruler died on December 5, 1560. The agitation of the Court was so great that neither his mother nor any of his family paid him the last duties, and his body was borne to St. Denis accompanied only by two noblemen and the Bishop of Senlis.

5. La Reine, Catherine de Medici (1519-1589), was born in the city of Florence. She was the daughter of Lorenzo de Medici and the niece of Pope Clement VII. Her marriage with Henry II. took place at Marseille, October 28, 1533. Her ambitious schemes were repressed during the reign of her husband and of Francis II.; but, as she had charge of affairs during the minority of Charles IX., she made good use of this opportunity to destroy her enemies both political and religious. She designed the massacre of St. Bartholomew and was continually fomenting strife among her sons. After the death of Charles IX. she again became regent for a short time till the return of Henry III. Never did Italian craftiness and cruelty wield such influence in France. At last, however, the people grew weary of the rule of the foreigner, and Catherine's later years were marked by the loss of all political power.

6. Madame, Sœur du Roi, Marguerite de France, daughter of Francis I., was born in 1525 at Saint Germain-en-Laye. In 1559 she married the Duke of Savoy. She was a patron of literature and art, and drew many celebrated men to the University of Turin. Her kindly disposition won her the title of "Mother of the People." She died on the 14th of September, 1574.

7. François Ier (1494-1547), son of Charles, Comte d'Angoulême. At the age of twenty he married Claude, daughter of Louis XII., and succeeded his father-in-law, January 1, 1515. His first act was to undertake the conquest of the French possessions in Italy which had been lost137 during the reign of Louis XII. He was successful and regained Milan with Lombardy. Upon the death of the German Emperor Maximilian in 1519, he became the rival candidate of Charles V. for the imperial crown. Upon his loss of the latter, he attempted an alliance with Henry VIII. of England against the Emperor. Henry, however, soon afterwards united with the Emperor and the Papacy against Francis; the French troops in Italy were defeated and Francis was captured at Pavia and carried as prisoner to Madrid. He was released the next year. From this time almost till his death he was engaged in expeditions against the German Emperor, and on two occasions went so far as to make an alliance with the Turks. He was the first to give to the French Court that magnificence which afterwards made it the envy of all the Courts of Europe. In religion he pursued a double policy: while he severely persecuted the Protestants in France, he did all in his power to encourage the German Protestants and, in this way, to weaken the power of his old enemy, Charles V.

Page 2.—1. Le Roi de Navarre. Antoine de Bourbon, King of Navarre, was born April 22, 1518. He was the son of Charles de Bourbon, Duke of Vendôme, and Françoise d'Alençon. In 1548 he married Jeanne d'Albret, daughter of Henry II., King of Navarre. By this marriage he obtained the crown of Navarre and the Seniory of Béarn. His son, Henry of Navarre (Henry IV. of France), was born in 1553. During the first part of Antoine de Bourbon's political career he belonged to the Huguenots and was associated with them at the conspiracy of Amboise (see page 64, note 2), but after the death of Francis II. he passed over to the Catholic party, was appointed *lieutenant-général* of the kingdom, and formed, with the Duke of Guise and the Constable of Montmorency, the union which was called "the Triumvirate." During the siege of Rouen he received a severe wound, from which he died thirty-five days after, on November 17, 1562.

2. Le duc de Guise, François de Lorraine, second Duke of Guise (1519-1563), was the eldest son of Claude, first Duke of Guise. In his early life he showed a love of danger and thirst for renown. Having been placed in charge of the French troops in the "Three Bishoprics," he sustained against 100,000 imperial troops the memorable siege of Metz. In 1557 he had charge of the army sent into Italy at the request of Paul IV., to undertake the conquest of the kingdom of Naples. After the disastrous defeat of Saint-Quentin, he was placed in command of all the armies, both within and without the kingdom; then followed a series of brilliant victories for the French, resulting in the capture of Calais, Guines, and Thionville. A ghastly face-wound at the hands of the English at Boulogne got him the name of "Balafré." He wielded great influence at Court138 and was a chief promoter of the persecution of the Huguenots, figuring prominently in the Massacre of Vassy and the siege of Rouen. During his attack on Orleans he was shot by a Protestant named Poltrot de Méré.

3. Le cardinal de Lorraine, Charles, second cardinal of Lorraine (1524-1574), was the second son of Claude of Guise. He was by far the ablest of the Guises. At the age of twenty-three he was taken into the confidence of Henry II. and gained universal favor by his agreeable and flattering address. In early life he was appointed Archbishop of Rheims and not long after was made cardinal. At first he was inclined to favor the Protestants, but subsequently used his influence toward their extermination. During the reign of Francis II. he was, together with his brother, the Duke of Guise, in virtual control of the government.

4. Le chevalier de Guise, François de Lorraine, was born in 1537; joined the order of Malta and became Grand Prior towards 1555, and about the same time was made General of the Galleys. He led an expedition from Malta to Rhodes, where he was wounded. He was one of the nobles who accompanied Mary Stuart to Scotland in 1561, and while returning visited the Court of England. He got overheated at the battle of Dreux (December 12, 1562) and died of pleurisy a few weeks later. He had already in 1562 waged successful war against the Huguenots in Normandy. Brantôme, his secretary, describes him at length in vol. v., pp. 62-77, Mérimée's edition, Paris, 1858.

5. Le prince de Condé. Louis I. of Bourbon, Prince of Condé (1530-1569), was the son of Charles of Bourbon, Duke of Vendôme.

During the wars of Francis I. he took part in the defence of Metz against Charles V., and was afterwards a vigorous leader of the Protestants against the Guises. He was implicated in the conspiracy of Amboise and sentenced to death, but was saved by the early death of Francis II. After the massacre at Vassy (1562) he was again in arms and was taken prisoner at Dreux, but regained his liberty by the peace of 1565. During the wars of religion he was relentlessly pursued by the Catholic powers and took refuge in La Rochelle. He was killed in the battle of Jarnac, March 13, 1569.

6. Le duc de Nevers. Francis I. of Clèves, Duke of Nevers (1516-1562), was the son of Charles of Clèves. In 1539 he obtained the establishment of Nevers and in 1545 the government of Champagne. His first military expedition was in Piedmont under Marshall Montmorency. In 1551 he was entrusted with the protection of the frontier of Lorraine. He took part in all the campaigns against Charles V. and Philip II., and was one of the most valiant defenders of Metz. He was present at the defeat of Saint-Quentin, and by his skillful manœuvres saved a great part139 of the French forces from destruction. In 1560 he revealed to Francis II. the conspiracy of Amboise. His death took place on February 13, 1562.

7. Le prince de Clèves, second son of Francis I. of Nevers. "Ce prince," says Brantôme, "qui s'appelloit Jacques de Clèves, bien qu'il fût de faible habitude, si promettoit-il beaucoup de soi, car il avoit en lui beaucoup de vertu." He died in 1564.

Page 3.—1. Le Vidame de Chartres (1522-1560). Francis of Vendôme, Vidame of Chartres, Prince of Chabanois, was one of the most distinguished courtiers of his time. "He was as great," says Brantôme, "in his lineage and his enormous wealth as in his valor and illustrious deeds, so that in his time men spoke only of the Vidame of Chartres; and if the people celebrated his prowess, they did not forget his magnificence and liberality." In Francis I.'s Italian campaign he furnished at his own cost a splendid company of a hundred noblemen. He was one of the hostages sent into England to confirm the treaty of peace between the two countries. In 1558 he was placed in command of the armies in Piedmont. After the battle of Gravelines, he was appointed *lieutenant-général* of the kingdom, but soon relinquished this office in favor of the Prince of Condé. He was shortly after suspected of complicity in the conspiracy of Amboise, and was imprisoned in the Bastille by order of Francis II. During his life at Court he had been passionately loved by Catherine de Medici, but he showed only indifference toward her. She avenged herself later on by ill-treating him, and it is suspected that his death was caused by poison given to him by her order. He died on December 16, 1560, "aussi mal content de cette dame qu'elle de lui," says Brantôme naïvely. The title *Vidame* is derived from *vice* (Latin *vicem*) and *dame* (Latin *dominus*), hence "vice-lord." The Low-Latin is *vice-dominus*.

2. Le duc de Nemours (1531-1585). Jacques de Savoie, Duke of Nemours, was born at the Abbey of Vaulinsant in Champagne. At the age of fifteen he was brought to the Court of Francis I. He served in the campaigns against Charles V., was present at the siege of Metz, and afterwards fought with great bravery in Flanders and in Italy. He was one of the *tenants* in the tournament in which Henry II. lost his life. Having been branded with suspicion, he was compelled to leave the Court during the reign of Henry III., but was soon recalled. In 1562 he aided in the capture of Bourges from the Protestants and later succeeded the Marshall of St. André as Governor of Dauphiné. In 1566 he married Anne d'Este, widow of the Duke of Guise. His later years were spent in retirement from the Court. He died at Annecy, June 25, 1585. Brantôme says of him: "C'étoit un très-beau prince et de très-bonne grâce, brave et vaillant, aimable et accostable, bien disant, bien écrivant140 autant en rime qu'en prose; s'habillant des mieux. Il étoit pourvu d'un grand sens et d'esprit; il aimoit toutes sortes d'exercices et si y étoit si universel qu'il étoit parfait en tous, si bien que qui n'a vu Monsieur de Nemours, il n'a rien vu, et qui l'a vu le peut baptiser par tout le monde la fleur de toute la chevalerie."

3. Saint-Quentin, a city in the Department of Aisne, about eighty miles northeast of Paris. It is the center of the French manufacture of linen, muslin, and gauze. The battle of Saint-Quentin took place on July 29, 1557; the French forces met with a great defeat at the hands of the Spaniards, who were reinforced by a body of English troops.

4. Charles-Quint (Carolus Quintus). Charles V. (1500-1558) was the eldest son of Philip, Archduke of Austria, and Joanna, daughter of Ferdinand and Isabella. Upon the death of Ferdinand in 1516, Charles ascended the throne of Spain, and also became ruler of the Netherlands, Naples, Sicily, and Sardinia. By the death of his paternal grandfather, Emperor Maximilian, he obtained possession of Austria and was elected Emperor of Germany. The other candidates for the imperial crown were Henry VIII. of England and Francis I. of France. Charles soon became involved in a long struggle with the French, in which he was for the most part successful, and captured Francis I. (see page 1, note 7). The war was continued by Henry II. and a portion of Lorraine was taken from the Emperor. The latter, not long after, retired to the monastery of Yuste in Estremadura, where he died after two years.

5. **Metz,** formerly capital of the Department of Moselle, situated at the confluence of the Seille and the Moselle. During the war with Henry II. it was besieged by Charles V. and gallantly defended by the Duke of Guise. The siege lasted sixty-five days, and on December 26, 1552, the imperial troops left Metz as a permanent possession of the French. It remained one of their most important strongholds till its cession to Germany in 1870. Charles V.'s remark upon his defeat is well known: "I see that Fortune is just like a woman; she favors a young king more than an old emperor."

6. **Cercamp,** a city in the Department of Pas-de-Calais (Artois). The chief industry of the place consists in its woolen factories. Here, on October 15, 1558, the plenipotentiaries appointed by the French met those of Spain, with whom were associated the ambassadors of Mary of England and of the Duke of Savoy. Stipulations for a peace were proposed; a truce of fifteen days was proclaimed, which was several times renewed; part of the troops were dismissed and the rest went into winter-quarters. However, before any definite arrangements could be made, Mary, Queen of England, died, and the meeting was dissolved.141

Page 4.—1. Don Carlos, son of Philip II. of Spain and of his first wife, Doña Maria of Portugal, was born at Valladolid on July 8, 1545, and died at Madrid on July 14, 1568. In 1559, at the Treaty of Câteau-Cambrésis, Philip negotiated a marriage between his son and Elisabeth, daughter of Henry II., but he afterwards married the princess himself. The loss of his chosen bride in this manner appeared to have a deep effect upon Don Carlos, and the sympathy shown him by Elisabeth and the gratitude thus awakened in the heart of the young prince aroused a feeling of jealousy in the mind of the Spanish King. In 1560 Don Carlos was proclaimed heir to the throne of Spain, but not long after was removed from Court and sent away from the capital. In 1562 he was wounded in the head by a fall, and it is thought by many that his reason was thereby impaired. His father's treatment of him became harsher, and the important positions at the Court were occupied by his enemies; he made two vain attempts to escape from Spain, and intelligence was brought to the King that his son was forming designs against his life. On January 18, 1568, Don Carlos was seized and placed in close confinement. The Council of State condemned him to death, but before the sentence could be executed the prince died in an unknown manner. (See Gachard: *Don Carlos et Philippe II.*, Bruxelles, 1863.)

2. Monsieur de Savoie. Emmanuel Philibert, Duke of Savoy, was born at Chambéry, July 8, 1528. He was an officer in the army of Charles V., and in 1557 won the battle of Saint-Quentin. He died August 30, 1580.

3. Marie, reine d'Angleterre (1516-1558), was the daughter of Henry VIII. by his first wife, Catherine of Aragon. She became Queen of England in 1553. On July 25, 1554, she married Philip II. of Spain, and from this time on her energies were directed to the destruction of Protestantism in England. Her death took place on November 17, 1558.

4. Elisabeth (1533-1603), daughter of Henry VIII. and Anne Boleyn. She ascended the English throne in 1558.

5. De La Ferrière, in his *Projets de Mariage de la Reine Elisabeth*, says: "Elisabeth was very desirous of making the acquaintance of the Duke of Nemours. She received the Count of Randan and directed the conversation upon the Duke. Randan drew so flattering a picture of the latter that he soon awakened in her a spark of love which could easily be perceived in the face and manner of the Queen. It was a matter of no difficulty for him to obtain her request for a meeting. On his return to France he announced this to Nemours. The Duke sent Lignerolles, his most trusted servant, to

London; the response brought back by Lignerolles was encouraging. Nemours then lavished money on his apparel,142 arms, and horses; the King also aided him with his purse, and the flower of the young nobility contended for the honor of following him to England; but at the last moment the expedition 'se rompit et demeura court,' for, continues the chronicler, 'd'autres amours serroient le cœur du duc et le tenoient captif.'"

Page 8.—1. Madame de Valentinois, Diana of Poitiers, eldest daughter of Jean de Poitiers, was born September 3, 1499. At the age of thirteen she married Louis de Brézé, Comte de Maulevrier, who died in 1531. She became the mistress of Francis I., and afterwards of his son, Henry II. Her influence over Henry was boundless; even the beauty and wit of Catherine de Medici could not weaken the King's attachment to her. He loaded her with favors, and in 1548 donated to her for life the Duchy of Valentinois. Upon the death of Henry, Madame de Valentinois was banished from the Court by Catherine. Abandoned by all her friends, she retreated to Anet, where she died in 1566.

Page 10.—1. Chez les Reines, in the apartments of Catherine de Medici and of Mary Stuart.

2. Aux assemblées, "in company."

Page 11.—1. Avoit le cœur très-noble et très-bien fait, "had a very noble and generous disposition."

Page 12.—1. Louvre, one of the most famous buildings of Paris, situated in the western part of the city, on the right bank of the Seine. It was at first designed as a fortress for the protection of the river. In 1204 Philip Augustus erected in the center of the court of the Louvre a tower to serve as a state prison. Later on, several of the kings of France placed their libraries there. Charles V. selected this palace as his residence in 1347, and it served as the abode of the royal family till the reign of Louis XIV., who preferred Versailles. Since the days of the Empire it has been used as a museum.

Page 13.—1. Le duc de Nevers, Francis II. of Nevers, elder brother of the Prince of Clèves (see page 2, note 7).

2. Le duc de Lorraine, Charles III., called "the Great," was the son of Francis I., Duke of Lorraine, and of Christina of Denmark, niece of the Emperor Charles V. He was born at Nancy, February 15, 1543. After the death of his father in 1546, his mother ruled over the Duchy during the minority of her son. He was sent to Paris and in 1559 married Claude, daughter of Henry II. He subsequently took charge of the affairs of his state, and ruled long and peacefully, dying at Nancy, May 14, 1608.

Page 16.—1. Courre la bague, "riding at the ring." *Courre* is an old infinitive of the verb *courir*, used only in a few expressions, as: *courre le cerf.*143

Page 18.—1. Le maréchal de Saint-André. Jacques d'Albon, Marshal of Saint-André, was one of the most valiant commanders of the sixteenth century. He early won recognition from the Dauphin, afterwards Henry II., and distinguished himself at Boulogne and Cerisoles. He was appointed Marshal in 1547. He took an active part in the subsequent campaigns and was taken prisoner at Saint-Quentin, but was soon exchanged. Shortly after the death of Henry II., Saint-André, together with the Duke of Guise and the Constable of Montmorency, formed the famous "triumvirate" for the suppression of heresy in France. He was a most active upholder of the Catholic cause during the civil wars, and was killed at Dreux, December 19, 1562. A contemporary describes him as the "most elegant courtier of his time."

2. Elle fit dire qu'on ne la voyoit point, "she sent word that she would not receive."

3. Sa qualité lui rendoit toutes les entrées libres, "his rank allowed him always to be admitted" (even in spite of the order that had just been given).

4. Maîtresse = the lady who is loved; not "mistress" in the modern sense.

Page 19.—1. Duc de Ferrare. Alphonso II. of Este, Duke of Ferrara, was the son of Hercules of Ferrara and grandson of Alphonso I. He was a cousin of Henry II. and served in all the military expeditions of this monarch. He was a great favorite at Court and made a great display both in his own country and in Italy, whither he accompanied the French King. His brother was the famous Cardinal d'Este.

Page 20.—1. Qu'elle fît la malade: "that she should pretend to be ill."

Page 22.—1. Château-Cambrésis (usually written Câteau-Cambrésis), a city in the Department of Nord, situated upon a hill overlooking the Selle, about fifteen miles southeast of Cambrai. Here was signed, on April 3, 1559, a treaty between Henry II. and Philip II., by which certain cities, as Thionville, Montmédy, etc., were made over to Spain, and France recovered Saint-Quentin. The possession of Calais and of the three bishoprics (Metz, Toul, and Verdun) were also assured to Henry II.

Page 24.—1. devant que, obsolete for *avant que*. Vaugelas in *Remarques sur la langue française* says "'Avant que,' 'devant que.' Tous deux sont bons, mais 'avant que' est plus de la cour et plus en usage."

Page 25.—1. Pour être affligée, "although she was in distress."

2. Il s'en falloit peu qu'elle ne crût le haïr, "she almost believed she hated him."

144

SECOND PART.

Page 29.—1. Monsieur d'Anville, a famous warrior and courtier during the reigns of Henry II., Francis II., and Charles IX. During the campaigns in Italy he was placed in charge of the light cavalry in the Piedmont. He defeated the Spaniards at the bridge de la Stura and in 1557 won great renown by his victories about Fossano.

Page 30.—1. Courtenay. Edward Courtenay, Earl of Devonshire, born about 1526, was the only son of Henry Courtenay, Marquis of Exeter and Earl of Devonshire. At the age of twelve he was imprisoned with his father in the Tower and was not released till 1553. In this year he was appointed Earl of Devonshire by Queen Mary and not long afterwards was honored with the dignity of Knight of the Bath. He was at one time looked upon as a probable match for the English Queen, but Philip of Spain was preferred. He was for a long time regarded with affection by Elisabeth, and was suspected of plotting to obtain her hand and to seize upon the throne of England. He was therefore arrested and sent to the Tower in March, 1554, and in the following May was taken to Fotheringay. In 1555 he was released on parole and exiled. He traveled to Brussels and then to Padua, where he suddenly died in September, 1556.

Page 32.—1. Madame = Madame Elisabeth de France, daughter of Henry II.

Page 33.—1. Les dernières visites, "the latest callers"; a not infrequent use of the abstract noun for the person.

2. Cette princesse étoit sur son lit. It was customary for ladies to receive callers while reclining on a couch in their bedroom.

Page 34.—1. Pour peu qu'elles soient aimables, "provided that they are charming." *Pour* used in this sense before pronouns and adjectives is followed by the concessive subjunctive. (See Mätzner, *Französische Syntax*, ii., §435.)

Page 37.—1. À l'heure du cercle, "at the time that she was holding a reception."

2. His death was caused by an accident that happened to him while jousting with the Duke of Montgomery (see page 92).

3. The death of Guise is thus described by Brantôme: "The said Poltrot was accustomed to go out with Monsieur de Guise together with the rest of us, who were members of his household, and he was continually in search of a suitable occasion to commit the deed. Monsieur passed over the water in a little boat which waited for him every evening and then went on horseback to his lodging, which was at some distance. Being on145 a cross-road which is right well known, the other, who was waiting for him in ambush, gave him the blow and then began to run and cry, 'Catch him, catch him.' Monsieur de Guise, feeling himself wounded, staggered a little, and said: 'That has been kept in store for me, but I believe it will result in nothing.' With great courage he retired into his lodging, where he was dressed and attended to by the best surgeons in France; nevertheless, he died at the end of a week."

Page 38.—1. Que je le fisse appeler, "that I should send him a challenge."

Page 39.—1. D'un premier mouvement, "impulsively."

Page 40.—1. Portraits en petit, "miniatures."

2. Quand used in the sense of *si*, a not unfrequent usage by **Madame de La Fayette** (see page 62, line 29; page 124, line 5, etc.).

THIRD PART.

Page 43.—1. Le duc d'Albe (1508-1582). Ferdinand Alvarez of Toledo, Duke of Alva, was a descendant of one of the most illustrious families of Spain. He early showed a genius for war and politics, and in the service of Charles V. was a violent opponent of the Protestants of Germany. He commanded the imperial forces at Metz opposed to the Duke of Guise, and not long after he was sent into Italy, where he reduced the power of the Pope. In 1559 he espoused Elisabeth of France in behalf of Philip II. In 1566 he was sent into Flanders to take charge of the Spanish forces sent against the Netherlanders; on account of his cruelties he was superseded in 1575. On his return to Spain he was treated with great distinction, but was subsequently banished from the court and exiled on account of some act of disobedience. He was, however, soon recalled and put in command of the army sent against Portugal, and succeeded in bringing back that country in allegiance to Spain.

2. Tenants du tournoi, "champions of the tournament." The *tenants* are those who begin the tournament and proclaim the first challenges by means of notices which are published by the heralds with the number of courses and the names of the combatants. The name is derived from *tenir*, because these champions undertook to hold (*tenir*) their places against every assailant. (See Le Père Ménestrier, *Des Tournois*, p. 194.)

3. Château des Tournelles, a palace built at the end of the present Rue des Francs-Bourgeois. On account of its connection with the death of146 Henry II., Catherine de Medici ordered the edifice to be demolished. Henry IV. began the erection on its site of the Place Royale, which was completed a year or two after his death. The revolutionists of 1789 deprived the square of its name and took away the statue of Louis XIII. erected by Richelieu. It is now known as the *Place des Vosges*.

Page 44.—1. Chastelart. Pierre de Bascosel de Chastelart was grandson of the celebrated Bayard, whom he resembled in personal appearance. On being presented to Mary Stuart, he conceived a violent passion for her and celebrated her charms in verse. He followed her to Scotland, but was soon compelled to return to Paris; there he mourned for her a year, and at last contrived to pass over again to Scotland. On account of his rashness and imprudence he was condemned to death; his affection for the princess, however, lasted till the end. Brantôme says of him: "Chastelard had as great talent and wrote as sweet and refined poetry as any nobleman in France."

2. This episode is probably based upon an event that took place shortly after the death of Louis XIII. Madame de Montbazon was the rival at court of the Duchess of Longueville, daughter of the Prince of Condé. One day, two unsigned love-letters were found in the salon of the former, who alleged that they were written in Madame de Longueville's hand and were the property of Maurice de Coligny. They were, however, written by Madame de Fouquerelles, and their real owner was the Marquis of Maulevrier. At the suggestion of the latter, La Rochefoucauld proved the falsity of Madame de Montbazon's accusations, recovered the letters, and burnt them in the presence of the Queen. The affair did not end here, but led to a duel, in which Coligny received a mortal wound at the hands of Henry of Guise, the champion of Madame de Montbazon. (See "The Last Duel in the Place Royale," *Macmillan's Magazine*, October, 1895.)

Page 50.—1. On lui en fit la guerre, "They taunted him about it" (see page 83, line 9).

2. À l'heure même, "immediately." (See also page 57, line 32; page 63, line 11; page 75, line 7.) On the position of *même*, see Mätzner, *Französische Syntax*, ii, § 534, 12.

3. Qui avoit l'esprit prévenu, "who felt assured."

Page 52.—1. See note on Vidame de Chartres, page 3, note 1.

2. Madame de Thémines, Anne de Puymisson, wife of Jean, Seigneur de Lousière, de Thémines, and Chevalier de l'Ordre du Roi, Governor of Beziers.

3. Fontainebleau, a residence of the kings of France since Louis VII. It is situated about 38 miles southeast of Paris in the beautiful forest of Fontainebleau. The palace is composed of numerous buildings and galleries147 erected at different epochs; among the most magnificent are the Gallery of Henry II., and the Chapel of the Holy Trinity, built in 1529. Fontainebleau was greatly enriched by St. Louis, Francis I., Henry II., Henry IV., Louis XIV., and Napoleon. Here in 1685 Louis XIV. signed the revocation of the Edict of Nantes, and here also, on April 4, 1814, Napoleon abdicated in favor of his son. Fontainebleau is the birthplace of Henry III. and Louis XIII.

Page 54.—1. Madame de Martigues, Marie de Beaucaire, daughter of Jean de Puyguillon, Seneschal of Poitou. She was familiarly known as Mademoiselle de Villemontays. She married Sébastien de Luxembourg, Viscomte de Martigues, called "le chevalier sans peur," by reason of his bravery while serving under Henry II., Francis II., and Charles IX.; he was killed during the siege of Saint-Jean d'Angely, November 20, 1569. Madame de Martigues died in 1613.

Page 58.—1. Sans chercher de détours, "openly." Compare such phrases as: *user de détour,* "to use evasions"; *agir sans détour,* "to act uprightly."

Page 61.—1. Chez la Reine, i.e. *la Reine Dauphine.*

Page 62.—1. Il n'y a que vous de femme au monde, "there is no other woman in the world except you."

Page 63.—1. Dire des choses plaisantes, "to jest."

Page 64.—1. The student must not be misled by Madame de La Fayette's ingenious explanation of Catherine de Medici's persecution of Mary Stuart and the subsequent expulsion of the widowed Queen from France. The real causes were Catherine's jealousy of the rising power of the Guises and her desire to avenge her private wrongs. The young Queen had availed herself of every opportunity to show her dislike for Catherine, and took special delight in humbling her pride by applying to her the contemptuous epithet of "fille de marchand." The bad feeling between the two rose to such a pitch that when, upon the death of Francis II., Mary's power was at an end, "the queen-mother," in the words of Michel de Castlenau, "found it very good and expedient to rid herself of the princess." (See Chéruel, *Marie Stuart et Catherine de Médici,* p. 19.)

2. La conjuration d'Amboise. In 1560 those who were opposed to the Guises and the Court, including a large number of Huguenots, made an effort to get Francis II. into their hands. Their design was to surprise the Court, which was then at the castle of Amboise (a town on the Loire, near Tours), and seize the King and Queen. The conspiracy was discovered by the Guises, and numbers of those implicated were executed. Although the Prince of Condé was really the instigator of the conspiracy, he could not be convicted, and was therefore released.148

Page 65.—1. Qu'elle étoit d'intelligence avec Monsieur de Nemours, "that there was an understanding between her and Monsieur de Nemours."

Page 66.—1. Compiègne, a city on the left bank of the Oise, about fifty-two miles northeast of Paris. It was built by the Gauls and enlarged in 876 by Charles the Bald. In 833 the council was here held, by which Louis the Pious was deposed. Joan of Arc was taken prisoner in this city in 1430.

2. Journée, "day's journey."

Page 67.—1. La Duchesse de Mercoeur, Jeanne de Savoie, second wife of Nicholas, Count of Vaudemont, Duke of Mercoeur. Her son was the celebrated Philippe-Emmanuel of Lorraine, Duke of Mercoeur.

2. À toute bride, "at full speed." A similar phrase is *à bride abattue.*

Page 70.—1. Que tout ce qu'il y a jamais eu de femmes au monde, "than any woman who has ever lived." The neuter relative in a personal sense is not infrequently used by Madame de la Fayette (see page 16, line 29).

Page 72.—1. Je ne vous saurois croire, "I cannot believe you." ("In the conditional and pluperfect *savoir* is employed for *pouvoir*."— Littré.)

Page 79.—1. Le Connétable, Anne, Duke of Montmorency (1492-1567). He distinguished himself during the wars of Francis I. and was made Constable in 1538. Some time after he was banished from the Court and retired to his estates till the accession of Henry II., when he was again invested with his former dignities. During the wars of religion he commanded the royal army against the Huguenots, and was fatally wounded at Saint-Denis.

2. Le Prince d'Orange (1533-1584). William of Nassau, Prince of Orange, founder of the Republic of Holland, was the son of William the Old, Count of Nassau. In 1544 he received the title of Prince of Orange. He was brought up at the Court of Charles V., and in 1554 was placed in command of the army in Flanders. He won the confidence of the Emperor, and was sent into France to hasten the Treaty of Câteau-Cambrésis, Philip II., however, was not favorably disposed toward the Prince, and appointed the Duke of Alva as governor in the Netherlands; the cruelties of the latter drew upon him the opposition of the people, and the Prince of Orange made himself their leader. The removal of Alva was accompanied by a temporary withdrawal of the Spanish forces; upon their return, the Prince again took the people's part, and, on January 29, 1579, induced them to adopt the famous treaty called the *Union of Utrecht*, which forms the foundation of the liberties of Holland. After various attempts had been made against the life of the Prince, he was at length assassinated at Delft.149

Page 80.—1. Elle n'avoit pas le jour au visage, "her face was in the dark."

Page 85.—1. Cette seule curiosité, "that curiosity alone." (See also page 126, line 15: *la seule bienséance*.)

Page 90.—1. L'Évêché, the Episcopal Palace.

2. L'Hôtel de Villeroy, a palace on the Rue des Poulies. It was built in the middle of the thirteenth century by Alphonse, brother of St. Louis. From 1421 it was called *l'Hôtel d'Alençon*. At the beginning of the sixteenth century it passed into the hands of Nicholas de Neufville, Seigneur de Villeroy, and took the name of *l'Hôtel de Villeroy*. It was sold in 1568 to the Duke of Anjou (afterwards Henry III.), and for some time was called after him. Later on it was greatly improved and partly rebuilt by the Duchess of Longueville, and since then has been known as *l'Hôtel de Longueville*.

Page 91.—1. Grand-maître, "major-domo."

2. panetier, "head butler," from an old verb *paneter*, "to make bread," from Latin *panis*.

3. Échanson, "cup-bearer," from Low Latin *scancio* = "I pour out to drink." These ancient menial offices were revived and bestowed upon the highest courtiers at the time of the establishment of the Court.

4. Machines, "devices"; they were spectacular representations of all kinds.

5. incarnat, "incarnadine," a color about midway between cherry and rose.

6. Brantôme writes: "Monsieur de Nemours wore yellow and black, two colors which were very suitable to him, signifying as they do, joy and steadfastness; for he was at that time (so it was rumored) enjoying the favor of one of the most beautiful ladies in the world, and therefore he ought to be steadfast and faithful to her by good reason."

Page 92.—1. "These four princes were the best men-at-arms to be found anywhere... and it could not be told to whom special glory was to be given; yet the king was one of the best and most skilful horsemen in the realm" (Brantôme, iv., 104).

2. Avoit fourni sa carrière, "had run over the course," an expression of the tournament. Similar phrases are: *franchir la carrière,* "to run the distance"; *arriver au bout de la carrière,* "to reach the goal"; *parcourir la carrière,* etc.; these expressions are now used in a figurative sense. The *carrière* is a piece of ground enclosed by barriers and arranged for races.

3. Le comte de Montgomery. Gabriel de Montgomery was the eldest son of Jacques de Montgomery, Seigneur de Lorges. He took a prom150inent part in political affairs under Francis I., and in 1545 was sent to Scotland with some troops to render aid to Mary of Lorraine. After the unfortunate encounter with Henry II., he retired to his estates in Normandy. At the outbreak of the wars of religion, he took the part of the Protestants against the Crown, was present at the taking of Rouen, and narrowly avoided being captured. He was in Paris at the time of the massacre of St. Bartholomew, and saved himself by flight. Shortly after, he made his way to England, and in 1573 appeared before La Rochelle, in command of an English fleet. A few months later he was again in France, and fought bravely on the Huguenot side, but having been driven to extremities, he surrendered at Domfront; he was immediately tried, condemned, and executed on May 27, 1574.

4. Qu'il se mît sur la lice, "that he enter the lists." A similar expression is: *entrer dans la lice. La lice* = "a level space marked off by a rope or railing, and surrounded with galleries for spectators."

5. La barrière, the enclosure where knightly encounters took place.

Page 94.—1. Compare this description with that of Brantôme (iv., p. 103): "La mal fortune fut que sur le soir il voulut encore rompre une lance; et pour ce manda au comte de Montgomery qu'il comparût et se mît en lice. Lui refusa tout à plat... mais le roi, fâché de ses réponses, lui manda résolument qu'il le vouloit. La reine lui manda et pria par deux fois qu'il ne courût plus pour l'amour d'elle. Rien pour cela, mais lui manda qu'il ne couroit que cette lance pour l'amour d'elle. Et pour ce, l'autre ayant comparu en lice, le roi courut. Ou fut que le malheur le voulût ainsi, ou son destin l'y poussât, il fut atteint du contre coup par la tête dans l'œil où lui demeura un grand éclat de la lance, dont aussi tôt fut relevé de ses écuyers, et Monsieur de Montgomery vint à lui qui le trouva fort blessé. Toutefois il ne perdit cœur et n'étonna point, et dit que ce n'étoit rien, et soudain pardonna audict comte de Montgomery.... Il mourut au bout de quelques jours en très bon Chrétien et ainsi ce grand roi qui avoit été en tant de guerres et les avoit tant aimées, n'y a pu mourir et est mort là."

FOURTH PART.

Page 96.—1. Reims, a celebrated city in the Department of Marne, 107 miles northeast of Paris. Clovis was baptized here in 496. In the eighth century it was made an archbishopric, and from 1179 till the time of Charles X. it was the coronation place of the kings of France.151

2. "On the fifteenth day of the month of September (1559), King Francis II. made his entry into the city of Reims, where he was received with all devotion and honor by the inhabitants of this city. And on the following Monday, his Majesty was anointed and consecrated in the great church by the Cardinal of Lorraine, in the presence of the princes of the blood and many other great lords, and all the ceremonies required and preserved by immemorial custom were there observed. Immediately afterwards he departed from that place and abode for some time in the city of Blois" (Nicole Gilles and Belle-Forest in their *Annales de France*, quoted by Godefroy: *Le Cérémonial François*, i., p. 311).

The consecration of the King of France was attended with many elaborate ceremonies. The new monarch made a journey to Reims, and was escorted into the city by the high secular authorities; masses were then offered, in which the King took part. On the coronation day he was conducted to the Church of Notre Dame; the sacred vessel containing the anointing oil was brought in and delivered into the hands of the archbishop. This was followed by the administration of the oath, by which the King promised to preserve the faith of the Church, to suppress evil-doers, to rule with justice and mercy, and to endeavor to exterminate all heresy within the realm. He was then anointed on the head, on the breast, between the two shoulders, on the right and on the left shoulder, and on the right and left arms; at each application the Monsieur de Reims exclaimed: "Ungo te in Regem de oleo sanctificato, in nomine Patris, et Filii, et Spiritus Sancti." The King was then clothed in his royal garments, the sceptre placed in his hand and the crown upon his head. After the celebration of a mass, he was led back to the palace amid the shouts of the people: "Vivat Rex in æternum!"

Page 98.—1. Qu'elle lui en fît une finesse, "that she was deceiving him." ("La finesse dans ce sens est la finesse d'esprit conduite jusqu'à un mauvais usage."—Littré.)

Page 101.—1. Anet, a chateau built in 1552 by Philibert Delorme, by order of Henry II., for Diana of Poitiers. It was embellished by the best artists of France,—Goujon, Pilon, Cousin, etc. The building was partly destroyed during the Revolution.

2. Chambort, a magnificent palace about ten miles west of Paris, constructed by Pierre Napren for Francis I., and decorated by Cousin, Pilon, and others. It was afterwards owned by King Stanislaus, then by the family of Polignac, afterwards by Marshal Berthier. In 1821 it was granted to the Duke of Bordeaux, and is now in the possession of his descendants.

Page 110.—1. Blois, chief city of the Department of Loir-et-Cher, on the right bank of the Loire, about 110 miles south-southwest of Paris. Its152 Counts were of the family of Hugh Capet. During the reign of Charles the Simple, it was in the possession of Thibaut, Count of Chartres. It remained to his descendants till 1491, when it came into the hands of the Duke of Orleans, afterwards Louis XII., who united it to the possessions of the Crown. Blois then became a favorite resort of the House of Valois; Francis I. and Charles IX. resided there. A fine description of the palace is given in Balzac's *Catherine de Medici.*

Page 111.—1. Que in the sense of *pourquoi.* (See also page 126, line 23.)

Page 112.—1. Est-ce de vous dont je parle? such is the reading of the edition edited by E. Flammarion, which text has been mostly followed in this edition. A preferable reading is that of the edition of P.A. Moutardier, edited by Étienne and Jay: *est-ce vous dont je parle?* Compare *ce n'est pas moi dont vous parlez* (line 24), and *ce n'est pas vous dont vous parlez* (page 83, line 28). The reading of the edition of Garnier Frères is: *est-ce de vous que je parle?*

Page 113.—1. S'il n'y alloit que de mon intérêt, "if my interests alone were at stake."

Page 115.—1. This tender and praiseworthy resolution of Madame de Clèves furnishes the true explanation of her actions toward the Duke of Nemours after the death of her husband,—a course of conduct which some of Madame de La Fayette's critics find so inexplicable. (See d'Haussonville's *Vie de Mme. de La Fayette,* p. 190.)

Page 116.—1. Plus de devoir, plus de vertu, "no more requirements of duty or virtue."

Page 119.—1. Supposant, "under the pretext."

Page 122.—1. Notice the use of the future and the conditional in interjectional expression in the sense of the present and past tenses. Translate: "Can it be that a mere fancy prevents you from giving happiness to a man," etc.

Page 126.—1. Monsieur de Clèves ne fait encore que d'expirer, "M. de Clèves has just died."

Page 127.—1. Elle ne fît de déclarations et ne prît engagement, "lest she should make certain promises and bind herself," referring possibly to her withdrawal from the world into a religious house, or perhaps to a simple vow never to marry again.

Page 131.—1. Dont, an incorrect use of the relative, noticed by Valincour. *Dont* is not used as a compound relative; the correct expression would be *de celui dont.*153